Die Flagge »Schwarz, Rot, Gold« wurde um 1820 zum ersten Mal von den Freiheitskämpfern in Landau (Pfalz) benutzt. Die Farben symbolisierten: Die Dunkelheit, aus der wir kommen, das Herzblut, das wir bereit sind zu vergießen, und die goldene Zukunft der Freiheit. Deshalb war damals »Schwarz« unten und »Gold« oben.

Heute sind die Farben aber vertauscht: Wir kommen aus dem goldenen Zeitalter des Überflusses, hängen mit Herzblut an unseren Pfründen und sehen schwarz für unsere Zukunft.

Dieses Buch dreht nicht nur die Flagge, sondern auch Deutschland wieder um:

Schwarz steht für die dunkle Zeit der Bevormundung durch die Bürokraten, Rot für den Mut unserer Herzen und Gold für die attraktive Zukunft in Freiheit und Selbst-Bestimmung.

Jürgen Fuchs

LUST AUF DEUTSCHLAND

Jürgen Fuchs

LUST AUF DEUTSCHLAND

**Ein märchenhafter Roman
für Menschen mit Mut**

BUSINESS
EDITION

Die Deutsche Bibliothek – CIP-Einheitsaufnahme

Ein Titeldatensatz für diese Publikation ist bei
Der Deutschen Bibliothek erhältlich
ISBN 3-936963-01-0

Business Edition WHO'S WHO EUROPA MAGAZIN
© WHO'S WHO Media-Projektgruppe OHG
Adenauerallee 18, D-61440 Oberursel
www.who-magazine.com
Bestell-Fax: 06171-53542

Alle Rechte, auch die des auszugsweisen Nachdrucks, vorbehalten.
Umschlaggestaltung: ©crazy.letters, Dirk Eifert
DTP: Sabine Fakundiny
Herstellung: Druckerei Heenemann, Berlin
Gedruckt auf säurefreiem und chlorfrei gebleichtem Papier
Printed in Germany
Erste Auflage 2003

ISBN 3-936963-01-0

Für Hanifa und Holger:

„Das Leben ist zu kurz für ein langes Gesicht.“

Jürgen Fuchs ist Mitglied der Geschäftsleitung der CSC Ploenzke AG und Lehrbeauftragter für »Philosophy & Economics«. In den letzten vierundzwanzig Jahren hat er CSC Ploenzke in mehreren leitenden Funktionen mitgestaltet. Nach seinem Studium der Mathematik, Physik und Philosophie war er zehn Jahre lang bei der IBM tätig, zuletzt als Manager im Vertrieb. Er beschäftigt sich mit dem Redesign von Unternehmen und der Einführung intelligenter Organisationen.

Seine Gedanken und Praxisbeispiele hat er in sieben Büchern veröffentlicht, unter anderem:

»Das Märchenbuch für Manager:
  Gute-Nacht-Geschichten für Leitende und Leidende«
»Produktionsfaktor Intelligenz:
  Warum intelligente Unternehmen so erfolgreich sind«,
»Manager, Menschen und Monarchen:
  Denk-Anstößiges für Leitende und Leidende«

Seine Homepage ist: *www.juergen-fuchs.de*

INHALT

VORWORT

Liebe Leserin, Lieber Leser,

können Sie es auch nicht mehr hören? Das Gejammer überall! Haben wir denn wirklich nichts mehr zu lachen? Oder pflegen wir nur genüsslich unsere schlechte Laune. »Hast du schon gehört...?« »Das ist ja unglaublich!« »Wie soll das noch werden...?« Mich erinnert das manchmal an kleine Kinder, die sich unter der Bettdecke Gruselgeschichten erzählen. Und dann wachen sie nachts mit Alpträumen auf, die dann wieder neuen Stoff geben – für die nächsten Horror-Stories. Kein Wunder, dass wir leiden. Aber wir leiden auf hohem Niveau!

Warum lassen wir uns unsere gute Laune so leicht vermiesen? Ich vermisse bei uns den Stolz auf das, was jeder jeden Tag leistet: Jeder ganz persönlich, jedes Unternehmen und unsere ganze Volkswirtschaft. Vor lauter Jammern vergessen wir unsere Erfolge.

Wir beklagen verständlicherweise, dass die Geschäfte so schleppend laufen. Da haben wir wirklich nichts zu lachen! Wir als Verbraucher haben weniger Geld. Der Wirtschaft fehlt unser Geld. Die Börse vernichtet unser Geld. Und der Staat will unser Geld. Kein Wunder, dass der Wirtschaftsmotor stockt und stottert.

Und trotzdem oder gerade deshalb: Klagen wir nicht über die Dunkelheit. Zünden wir lieber ein Licht an.

In unserem Land ist nur Platz für eine Stimmung: entweder für Pessimismus, Verzagtheit und Mutlosigkeit oder aber für Mut, Entschlossenheit und Optimismus. Es liegt in unserer Hand, was wir bekommen.

Heute ist die »Agenda 2010« in aller Munde und wird von allen Parteien als »Schritt in die richtige Richtung« gelobt. Bei Licht betrachtet beklatschen sich die Politiker nur selbst als ein Elefanten-Paar, das eine Maus geboren hat. Der Schritt in die richtige Richtung ist nur ein kleines Zucken, das Deutschland nicht in Bewegung bringt. Die Agenda 2010 erzeugt nur Verlierer: Die Rentner, Arbeitslosen, Kranken und sozial Schwachen bekommen weniger Geld. Die arbeitende Bevölkerung erhält aber netto auch nicht mehr! Mit all den schmerzhaften Einschnitten kann nur der Anstieg der Abgaben (vielleicht) gebremst werden. Allein, mir fehlt der Glaube! Eine drastische Revolution im Denken ist nicht zu erkennen.

Dieser märchenhafte Roman zeichnet ein neues Bild, eine Vision von einer attraktiven Zukunft und von einem Staat, der die Bürger befreit und entfesselt. Er zeigt Wege zum »Zehn-Prozent-Staat«, einem Staat, der sich nicht *um* zehn Porzent reduziert, sondern *auf* zehn Prozent:

> *Der Bürger groß, der Staat ganz klein!*
> *Das muss des Rätsels Lösung sein!*

Vielleicht weckt er auch die Lust auf Deutschland und macht wieder Mut, etwas zu unternehmen. Vielleicht lädt er Sie zum Schmunzeln ein und gibt Ihnen Anstöße, Undenkbares zu denken und Unmögliches zu wagen. Lassen Sie sich anregen und ein-stimmen mit dieser kleinen Geschichte mit dem Titel:

Typisch Deutsch!

Zu Beginn des 21. Jahrhunderts saßen die Deutschen wie Raupen in ihren Kokons. Sie jammerten über die Fesseln ihrer Richtlinien und Vorschriften. Aber sie hatten nicht den Mut, sie zu zerreißen. Sie stöhnten über die Last der Steuern und Abgaben. Aber sie hatten nicht die Kraft, sie abzuwerfen. Sie klagten über die Diktatur der Bürokraten. Aber sie hatten nicht das Selbstbewusstsein, sie fortzujagen. Sie litten sehr. Aber sie litten auf hohem Niveau.

Die Deutschen sahen sich selbst als Raupen, die geboren waren, zu kriechen. Als Untertan. Und wenn sie entdeckt wurden, dann hörten sie immer den Schrei: »Ih gitt! Eine Raupe.« Schließlich hatten sie soviel Angst, dass sie anfingen zu spinnen. Jeder seinen eigenen Kokon, und alle zusammen einen riesengroßen – aus Bürokratie und Sicherheits-Vorschriften, aus Richt-Linien und Versicherungs-Policen.
Endlich blieb die böse Welt draußen. Jetzt konnte nichts mehr passieren. Es passierte jetzt auch nichts mehr! Es wurde dunkel und ganz still. Es war zwar eng, aber auch schön bequem. Bei soviel Faulheit begann es schließlich überall zu faulen. Und das Gejammer wurde immer stärker.
Dieses Klagen und Stöhnen hörte ein großer, bunter Schmetterling. »Typisch Deutsch!« dachte er.
Doch dann besann er sich. Er war ja selbst mal eine Raupe gewesen, und die Deutschen waren schon mal Schmetterlinge!
So etwa alle 60 Jahre sind sie aus ihren Kokons ausgebrochen und haben dann ihre ganze Pracht als Schmetterlinge ausgebreitet: Als Dichter und Denker, als Ärzte und Philosophen, als Erfinder und Unternehmer.
Vor 120 Jahren zum Beispiel zeigten die Deutschen in den »Gründer-Jahren«, was in ihnen steckt: an Erfinder-Geist und

Unternehmer-Qualitäten. Persönlichkeiten wie Daimler und Benz, Krupp und Otto, Maybach und Linde, Siemens und Bosch, sie alle sind noch heute Symbole der damaligen Aufbruch-Stimmung. Und die deutschen Naturwissenschaftler sprengten die Fesseln vergangener Weltbilder. Max Planck, Heinrich Hertz, W.C. Röntgen, Robert Koch und später Albert Einstein sind nur einige Forscher, die Deutschland den Ruf von Innovation und Aufbruch einbrachten.

Und 60 Jahre zuvor, so erinnert sich der Schmetterling, begannen die Deutschen sich langsam von der Last der Adels-Herrschaft zu befreien. 1817 zogen Hunderte von Studenten auf die Wartburg, und am 27. Mai 1832 folgten beim Hambacher Fest 30.000 Menschen der schwarz-rot-goldenen Flagge mit der Aufschrift »Deutschlands Wiedergeburt«. »Schwarz« stand für die Dunkelheit, in der man damals lebte, »Rot« für das Blut, das man bereit war, zu vergießen und »Gold« für die aufgehende Sonne der neuen Freiheit.

Goethe machte Weimar zum Zentrum der Welt-Literatur. Aber vorher hatte Schiller seinen Don Carlos das aussprechen lassen, was viele Freigeister dachten: »Sir, geben Sie Gedankenfreiheit! Geben Sie wieder, was Sie uns nahmen. Werden Sie von Millionen Königen der König. Ein Federzug von Ihrer Hand, und neu erschaffen wird die Erde.« Das Bild des Untertan wurde verbannt und verbrannt.

Deutschland wurde damals zum Musikzentrum der Welt mit so klingenden Namen wie van Beethoven, Schumann, von Weber, Mendelson, Liszt und später Richard Wagner. Die Deutschen schenkten der Welt die Romantik, für die der Mensch das schöpferische Geschöpf Gottes war – im Einklang mit der Natur und seiner persönlichen Freiheit. Und 1823 feierte Köln den ersten Karneval.

Wie gesagt, 60 Jahre später, in den Jahren um 1885 explodierte der Unternehmer-Geist in Deutschland – auf der Basis des neu er-wachten National-Stolzes im zweiten deutschen Kaiser-Reich. Und weitere 60 Jahre später, nach 1945, waren wieder Unter-nehmertum und Einfalls-Reichtum gefordert, diesmal bei allen Menschen in Deutschland. Allerdings nicht aus National-Stolz, sondern aus Überlebens-Willen. Das Ergebnis glich einem Wun-der! Als »Wirtschafts-Wunder« ging es in die Geschichte ein.

Diese Gedanken machen den Schmetterling richtig wütend. »Ge-jammert ist genug! Werdet endlich wach!« ruft er den Raupen zu: »Jetzt sind die 60 Jahre bald wieder um. Die Zeit ist reif – für einen Durch-Bruch des Kokons und einen Auf-Bruch in die schöne, bunte Welt der Schmetterlinge. Eure Zukunft liegt in Eurer Her-kunft!«

Und tatsächlich. Die ersten zerbeißen die Richt-Linien und strei-fen sich die Fesseln ab. Sie ent-fesseln sich von den Bürokraten, Funktionären und Bedenken-Trägern. Die richten sich auf und befreien sich von ihren eigenen Sicherheits-Ängsten.

Dann sprengen sie noch ihren Panzer des Egoismus und ent-falten ihre prächtigen Flügel. Mit kräftigem Flügelschlag verscheuchen sie die ewigen Bremser und schicken sie zurück in den Staub ihrer Amtsstuben. Vor lauter, Stolz, Kraft und Selbst-Bewusstsein leuchten ihre Augen und ihre bunten Flügel.

Dieses Vorbild macht Mut. 80 Millionen Deutsche kommen langsam in Bewegung. Sie zwängen sich aus ihrem Kokon. Sie sprengen ihre Fesseln und werfen die lästige Last ab. Ein wirklich buntes Treiben erschüttert den riesigen Kokon Deutschland. Dann endlich. Ein Ruck, und er bricht auf.

Ein großartiges Bild. Millionen von Schmetterlingen fliegen in die Freiheit, an das Licht der Sonne: die neuen »Gründer-Jahre« und das neue »Wirtschafts-Wunder«.

Alles braucht seine Zeit.
Alles hat seine Zeit.
Jetzt ist es soweit.

Aus der Ferne kann man es ganz deutlich sehen: Millionen von Schmetterlingen formen sich zu einem riesigen Schmetterling, der seine Flügel ausbreitet: mutig und kraft-voll. Typisch Deutsch!

Ich wünsche Ihnen viel Spaß bei der Lektüre und ein paar Denk-Anstöße, zum Nachdenken und auch zum Vor-Denken

Ihr J. Fuchs

PS: Liebe Leserinnen. Betrachten Sie es bitte nicht als Mißachtung der Frauen, wenn ich in dem Buch so viele männliche Begriffe benutze, z. B. der Politiker, der Chef, der Boss, der Kunde, der Mitarbeiter, der Vorstand, der Vorgesetzte oder der Bürokrat, der Funktionär und der Kanzler. Politik und Wirtschafts-Welt sind bisher sehr durch maskuline Worte geprägt. Aber die femininen Begriffe gewinnen immer mehr an Bedeutung, z. B. die Intuition, die Innovation, die Faszination, die Intelligenz, die Freiheit und nicht zuletzt die Macht.

I.

UNSER
KLEINES
BLAUES DORF

Fantasie ist wichtiger als Wissen.
(Albert Einstein)

Die Welt vor 100 Jahren

Unser kleines blaues Dorf, die Erde, ist ein beliebtes Ausflugs-
und Einkaufsziel für die Bewohner des Planeten TERGA in
einer unserer Nachbar-Galaxien. Alle 100 Jahre werden drei auf
Einkaufstour zur Erde geschickt.

Zu Beginn des 21. Jahrhunderts ist es wieder soweit. Die Drei
machen sich reisefertig. Der Einfachheit halber nennen wir sie
TERGA-Alpha, TERGA-Beta und TERGA-Gamma. Doch zunächst geben die letzten Besucher viele nützliche Tipps für das
kleine blaue Dorf aus den Erfahrungen, die sie Anfang des 20.
Jahrhunderts gemacht hatten:

»Die Altstadt ist ein Muss!« schwärmt der erste.
»Die Wiege der Menschheit findet Ihr, wenn Ihr den Schildern
»Indien« und »China« folgt. Einiges könnt Ihr auch in Bagdad,
Athen und Rom sehen.«
Sein Kollege ergänzt: »Wenn Ihr Euch von den Kulturstätten
erholen wollt, geht Ihr am besten in den Naturpark »USA«, auf
der anderen Seite des großen Sees, oder aufs Land. Direkt hinter
der Stadtmauer findet Ihr »Japan«. Sehr illustre Landwirtschaft in
Terrassen-Form und viel frische Luft.«
»Die schmutzigen Fabriken von »England« lohnen sich eigentlich
nicht.

Interessanter ist der Besuch der Uni im Zentrum. Ich sprach damals mit den Professoren Einstein, Planck, Sauerbruch und Röntgen – wirklich beeindruckend. Ihr müsst allerdings einen Sprachcomputer für »Deutsch« mitnehmen. Die Sprache der Wissenschaftler in dem Dorf ist nämlich Deutsch.«

»Direkt neben der Uni findet Ihr »Deutschland«, das pulsierende Innovationszentrum des Dorfes. Wir besuchten damals Herrn Otto, der gerade seinen ersten Motor gebaut hatte. In kleineren »Garagenfirmen« bastelten Herr Benz und Herr Daimler an Kutschen ohne Pferde. Ich bin gespannt, wer von den beiden heute am weitesten ist. Herr Bosch baute für diese lauten Kutschen allerlei elektrisches Spielzeug.

Herr Siemens zeigte uns seinen elektrischen Motor und hatte völlig verrückte Ideen von Häusern und Straßen, die nachts beleuchtet werden. Die wollen die Natur überlisten und Licht mit Dampfmaschinen erzeugen. Die spinnen wirklich, diese Deutschen!

In kleinen »Hexenküchen« bastelten sie an künstlichen Farben und sogar Mänteln aus der Retorte. Das hat bestimmt danach Ärger mit den Webern in Manchester gegeben.«

Einer macht ein ganz besorgtes Gesicht: »Wenn Ihr einkauft, achtet bitte auf »Made in Germany«, denn schon damals kamen aus allen Ortsteilen Leute, um zu kopieren. Wir wollen nur das Original!«

»Ich bin wirklich gespannt, was aus den Herren Grundig, Opel, Messerschmitt, Diesel, Hahn, Wernher von Braun oder Zuse geworden ist. Die waren damals zwar noch Kinder, aber wir haben gehört, dass sie später tolle Sachen erfunden und entwickelt haben.

Wie gesagt, »Deutschland« heißt der Ortsteil, wo Erfindergeist und Erfinder, Unternehmertum und Unternehmer zuhause sind. Da gibt es immer das Neueste und das noch sprichwörtlich gut.«

»Zum Schluss müsst Ihr dann noch unbedingt mit der ersten Eisenbahn fahren von Nürnberg nach Fürth. Es ist wirklich ein Erlebnis. Damals gab es allerdings noch große Probleme mit Geschwindigkeitsbegrenzungen, weil wissenschaftlich nachgewiesen wurde, dass ein Mensch keine Geschwindigkeit über 50 km pro

Stunde aushalten kann. Ich bin sicher, dass die daraus ein Gesetz gemacht haben. In Sachen Bürokratie waren die Deutschen auch schon immer Spitze!«

»Made in Germany« – etwas verstaubt

Mit vielen Ratschlägen und langer Einkaufsliste gut gerüstet gehen die drei Besucher an den Start. Als sie sich der Erde nähern, sind sie von soviel Schönheit wirklich beeindruckt. Das »blaue Dorf« zeigt sich in allen Schattierungen von Blau, unterbrochen von großen und kleinen weißen Flächen, die wie Federn das Dorf zart bedecken. Sie sind von diesem Naturschauspiel völlig fasziniert und vergessen die ganze Technik um sie herum. Die harte Landung reißt sie abrupt aus ihren Träumen.

Wie ihnen ihre Vorgänger empfohlen haben, suchen sie zunächst die idyllische Altstadt, haben aber Schwierigkeiten, die historischen Schätze in China zwischen all den Fabriken, Hochhäusern und Baukränen zu finden. In Indien kommen erschwerend noch die vielen Computercenter hinzu.
Vor der Betriebsamkeit dieser Ortsteile fliehen unsere Freunde in die beschauliche »USA«, kommen aber über die erste mit Autos vollgestopfte Betonpiste nicht hinaus. Ihnen ist auch die Lust vergangen, weiterzugehen. Die vielen Fabriken, Hochhäuser, Supermärkte, der Lärm und die Hektik schrecken sie ab. Sie zieht es »aufs Land« nach »Japan«. Aber dort ist es noch lauter, noch mehr Hektik, noch mehr Autos und noch mehr Menschen.

Sie sind völlig verwirrt. Haben sie sich alles falsch notiert? Das kann nicht sein. Schließlich sind sie zu dritt. Haben ihre Kollegen vielleicht gelogen? Egal. Es ist wie es ist. Wenigstens war ihnen ihr englischer Sprachcomputer eine große Hilfe, den sie versehentlich statt dem deutschen mitgenommen hatten. Denn im ganzen Dorf scheint man Englisch zu sprechen.

Auf dem Weg zur Universität wird die Landschaft jetzt wirklich idyllisch. Die Alpen, der Schwarzwald und der Rhein beeindrucken sie sehr. Allerdings sehen die Menschen anders aus, als man sie ihnen geschildert hatte: Viele Studenten und Professoren tragen Scheuklappen. Die Hände liegen eng an der Hose und die Schultern sind hochgezogen. So brauchen sie am wenigsten Platz in den überfüllten Hörsälen, in denen vorne die Vorleser vorlesen.

Mit den Scheuklappen bekommen die Studenten Einsicht: eine Sicht. Vor lauter Nachlesen des Vorgelesenen und Nachdenken über das, was andere vorgedacht haben, kommen die Studenten nicht zum eigenen Denken, und erst recht nicht zum Vor-Denken. Eigentlich sollten die Hochschulen doch Kreativität, Erfindungsgeist, eigenständiges Denken, Arbeiten im Team und Gesamtzusammenhänge vermitteln – wie alles in dem kleinen blauen Dorf zusammenhängt! Auf ihrem Planeten war es wenigstens so.

Was sie hier sehen, nannte man bei ihnen: Gleichschaltung, Dressur und Entmündigung. Und die hatten sie schon längst abgeschafft. Schließlich lieben die TERGA-Bewohner die Vielfalt und nicht die Einfalt. Die berühmten Professoren, die sie sich aufgeschrieben hatte, sind leider alle schon tot. Aber ihre Tradition lebt weiter – als Namen von Universitäten und Straßen.

Das Deutsche Museum

Nun endlich geht es zum Einkaufen in den Ortsteil der Erfinder und Unternehmer, nach Deutschland. Wo einst die Garagenfirmen der Herren Daimler, Otto, Siemens usw. standen, dort ist heute ein Museum. Denn die wegweisenden deutschen Erfindungen sind fast alle 50 – 100 Jahre alt. Im zweiten Flügel des Museums ist noch sehr, sehr viel Platz. Hier stehen alle bahnbrechenden deutschen Erfindungen der letzten fünfzig Jahre.

Neben dem Museum sind die Reste des ehemalig pulsierenden Marktplatzes zu sehen. Der Eintritt ist allerdings nur an fünfundzwanzig Prozent aller Wochenstunden gestattet. So befiehlt es das Ladenschluss-Gesetz. Die Warenbewacher, die sich selbst gerne als Verkäufer bezeichnen, darf man im Gespräch nicht stören. »Sie kommen doch alleine zurecht!« hören sie häufig.

Besonders zuvorkommend müssen sie sein, wenn sie Dienstleistungen auf Antrag erhalten wollen, wie es bei vielen Behörden und Finanz-Dienstleistern noch üblich ist. Ein gesenktes Haupt des Kunden, eine sanfte Stimme und manchmal auch ein Kniefall erhöhen die Chancen auf die Genehmigung des Antrages. Als sie es einmal wagen, während des zweiten Frühstücks bei der Diskussion der Fußballergebnisse zu stören, ist die Ablehnung sicher.

Kein Wunder, dass der Marktplatz an Attraktivität eingebüßt hat. Heute spielen hier die Rentner Schach und genießen ihren Lebensabend.

Der Zoo der Stä(e)lle

Von der rechten Seite des Marktplatzes kommen unsere Freunde direkt zum Zoo. Auf den Grundmauern klingender Firmennamen sind jetzt Pyramiden aus Käfigen errichtet, fein geordnete und gestapelte Kaninchenställe – streng nach Hierarchien. Und ganz oben strahlt in großer Leuchtschrift das Firmen-Emblem.

Alle Arbeiter und Angestellte sitzen in ihren Stellen wie in Ställen und verrichten die Handgriffe, auf die sie dressiert worden sind. Es gibt viele Wärter. Die haben ein Eckzimmer in der Pyramide. Sie teilen den Menschen morgens die Arbeit zu und kontrollieren abends die Resultate. Bei ihnen müssen sich die Menschen an- und abmelden, und die nehmen den Menschen fast alle Entscheidungen ab.

Deshalb gibt es auch so viele Manager. Überall stehen große Schilder »VERBOTEN«, und lähmende Routine ist das übliche Organisationsprinzip. Als häufig benutzte Worte nehmen sie überall wahr: zuständig (ständig zu), genehmigen, abzeichnen, mitzeichnen und besonders häufig »Das geht nicht!«. Sogar Lachen scheint in diesen Ställen verboten.

Unsere drei Besucher von TERGA wundern sich schon sehr. Vielleicht könnten diese Menschen in den Ställen viel mehr entscheiden. »So dumm sehen die doch gar nicht aus!« meint TERGA-Alpha, der Leiter der Einkaufs-Expedition. Sein Freund hat schnell die Lösung erkannt: »Aber dann brauchte man vielleicht weniger Manager und viele Menschen könnten keine Karriere mehr machen.«

Die Außer-Irdischen müssen herzhaft lachen. »Eigentlich ist es doch Diebstahl, einem Menschen über achtzehn Jahre seine Entscheidung abzunehmen. Ich glaube, die nutzen hier nur dreißig bis vierzig Prozent aller fachlichen, sozialen und intuitiven Fähigkeiten der Menschen, wenn sie die in Ställe zwängen und wie arbeitsscheue, faule und unfähige Kreaturen behandeln.«

Die Stelle

Die Ställe:
Einer hat schon gekündigt.
Eine anderer versucht eine Job-Rotation.
Der Abteilungsleiter hat ein Eckzimmer.

»Aber bezahlen müssen sie den Menschen hundert Prozent des Gehalts. Das wird doch viel zu teuer. Wir müssen beim Einkaufen mal genau auf die Preise achten – bei Made in Germany!«

»Welch eine Vergeudung von Human-Vermögen«, sagt einer unserer Freunde.

»Aber auch welch eine unerschlossene Quelle von Fähigkeiten, Fertigkeiten und Know-how. Wenn die das alles den anderen Dorfbewohnern zugänglich machen würden, wenn all diese Ställe aufgeschlossen würden und all die Ab-Teilungswände auf den Müll geworfen würden – welch eine Steigerung des Bruttosozial-produkts.

Welche Chancen zur Revitalisierung des Zoos und des Markt-platzes liegen in der Hand der Deutschen. Wirklich gigantische Reserven!« sinniert TERGA-Gamma.

Die »nach 17.00 Uhr«-Unternehmer

Und er hat Recht. Nach 17.00 Uhr öffnen sich die Ställe. Einige Menschen haben zwar Probleme, ihr Rückgrat wieder aufzurich-ten. Aber die meisten beginnen jetzt, das zu unternehmen, was sie im Unternehmen nicht unternehmen durften.

Sie werden Vorstand – im Kaninchenzüchterverein, im Tennisclub, in der Theater-Gruppe oder als Familien-Vorstand. Sie holen sich an der Stechuhr ihre Personalverantwortung zurück, und sie ent-scheiden jetzt wieder selbst, was sie tun und was sie nicht tun. Sie or-ganisieren Straßen-Feste und bauen Häuser. Sie erbringen sportliche, handwerkliche, künstlerische und intellektuelle Spitzenleistungen. Leistung macht jetzt richtig Spaß. Denn Lust auf Leistung ist ja ein natürliches Lebensprinzip.

Die Menschen bereisen nach 17.00 Uhr fremde Ortsteile. Sie essen italienisch, chinesisch, indisch, türkisch, koreanisch, argentinisch, jugoslawisch, französisch, spanisch oder thailändisch. Sie lieben auch die Vielfalt, und nicht die Einfalt. In ihrem Urlaub reisen sie durch das ganze Dorf. Sie lernen fremde Menschen und Kulturen kennen. Sie spüren, dass sie wirklich in einem Dorf leben, in unserem wunderschönen kleinen blauen Dorf.

Reisen bildet – auch im eigenen Unternehmen! Reisen dient der Völkerverständigung – auch im eigenen Unternehmen! Reisen schafft und schärft den Blick für's Ganze – auch im eigenen Unternehmen! Leider ist aber dort Job-Rotation für die normalen, arbeitenden Menschen verboten. Ihre Chefs würden sie ja dann aus ihrem Machtbereich verlieren. Undenkbar!

Auf TERGA sind diese Lehr- und Wanderjahre für alle Bewohner Gang und Gäbe: als »Lern- und Wandel-Jahre«. Und sie dauern ein Leben lang. Denn Reisen bildet! Und Bildung dauert ein Leben lang:

In der Schule werden wir aus-gebildet.
Mit dem Examen werden wir ein-gebildet.
Aber gebildet werden wir durch das Leben.

Mit großem Bedauern sehen sie, wie die Menschen im Morgengrauen wieder in ihre Ställe schleichen. Einer wird an der Pforte zurückgepfiffen. Er hat vergessen, sein Gehirn und seine Personalverantwortung an seinen Chef abzugeben. Er wollte selbst denken, selbst entscheiden und für seine Kunden eigenverantwortlich etwas unternehmen. Damit der Kunde von ihm und seiner Firma begeistert ist.

Dieser Mensch hatte nämlich entdeckt, dass der Kunde sein wirklicher Arbeit-Geber ist. Der bezahlt sein Gehalt und nicht der Chef! Dieses kleine Geheimnis allen wirtschaftlichen Handelns hatte der Mensch neu entdeckt. Das wurde ihm allerdings beinahe zum Verhängnis. Dann wäre er seinen Stall, seine Stelle losgeworden.

Vielleicht aber wäre das die Chance seines Lebens gewesen, mit seinem kleinen Geheimnis erfolgreich zu sein. Dann könnte er etwas unternehmen, so wie er es nach 17.00 Uhr schon immer gemacht hat. In den Stall-Pyramiden im Zoo achten viel zu viele Wärter, Pförtner und Dompteure darauf, dass die Menschen sich nicht entfalten und entwickeln. Denn sonst würden die Bewacher ja nicht mehr gebraucht.

Unsere drei Freunde fragen in dem Zoo einen Menschen, der morgens in seinen Stall klettert: »Warum gehen Sie denn da wieder rein, obwohl Sie Ihr Rückgrat so verbiegen müssen?«
»Es ist sicher in dem Käfig, und ich brauche mich nicht so anzustrengen. Denn schließlich lebe ich nicht um zu arbeiten, sondern arbeite, um zu leben – nach Feierabend.«

TERGA-Alpha fragt ganz interessiert den Manager: »Warum bezahlen Sie dem Menschen denn hundert Prozent und lassen ihn aber nur dreißig Prozent seiner Fähigkeiten im Unternehmen nutzen? Nach 17.00 Uhr kann der doch viel mehr!«
»Der Arbeitsablauf verlangt das so. Wir haben allerdings auch schon gemerkt, dass dies zu teuer ist. Der Mann bekommt nächsten Monat seine Entlassung. Wir machen jetzt LEAN Management!«

Der Manager

Alles im Griff!

Manager, die in der Manege managen

»So ein Schwachsinn«, denken die TERGA-Leute und wollen dem Geheimnis des Zoos auf den Grund gehen. Sie machen eine Umfrage bei den Stellen-Inhabern, ob sie nicht lieber in der freien Wildbahn leben möchten – ohne Stellengitter, ohne Abteilungswände und ohne Richtlinien, die ihre Entfaltung behindern.

Die Antwort ist überraschend: Fast alle wollten aus ihrem Käfig raus. Allerdings nur unter einer Bedingung – die regelmäßige Fütterung müsste beibehalten werden.

Sie fragen auch die Gewerkschaften, Arbeitgeber und Politiker: »Warum bauen Sie eigentlich diese Pyramiden aus Stellen? Macht das nicht das Unternehmen zu starr und unbeweglich? Bremst das nicht die Menschen? Reduziert das nicht Ihr Firmen-Vermögen: das was die Menschen vermögen? Sind diese Menschen nicht das eigentliche Vermögen Ihres Unternehmens?«

»Aber so ist alles ganz sicher! Wir schützen die Menschen vor den anderen Dorfbewohnern und besonders vor den Kunden. Die Abläufe sind absolut sicher, sie sind gut kontrolliert, protokolliert und nach ISO 9000 zertifiziert. Durch Richtlinien richten wir alle aus, damit ja keiner mehr etwas anrichtet. Jetzt sind wir sicher, dass nichts mehr passiert. Und wir sind sicher, dass auch uns nichts mehr passiert! Als Funktionäre haben wir uns in diesem System eine ewige Existenzberechtigung gesichert.«

TERGA-Gamma ist ganz entrüstet: »Jetzt richtet bei Ihnen zwar keiner mehr etwas an, aber es richtet auch keiner mehr etwas aus. Wie sollen denn die Menschen in ihren Stellen wachsen und fit werden – für ihre Kunden und für das Leben außerhalb des Zoos?!«

Die Richtlinie

Die Richtlinie richtet alle aus und ab.
Damit ja keiner was anrichtet!
Jetzt richtet zwar keiner mehr was an
– aber auch keiner mehr was aus!

Machen wir doch die Richtlinie zur Startlinie!

»Das ist nicht unser Problem. Wenn die Menschen zu teuer sind, verlagern wir einfach die Produktion zwei Straßen weiter. Auch dabei schützen wir die Menschen. Denn wir achten darauf, dass sie sozialverträglich abgebaut werden. So herrscht in unserem Reich Ordnung, Disziplin und Sicherheit.« Kopfschüttelnd beobachten die Außer-Irdischen einen Manager bei der Arbeit. Er weist gerade junge Menschen in das Unternehmen ein:

- Stoppen an der Richtlinie,
- Hürdenlauf durch die Abteilungen,
- Balancieren auf der Kante eines Rundschreibens,
- Verneigung vor dem oberen Management,
- Kriechen durch den Dschungel des Organisationshandbuches und der ungeschriebenen Regeln.

Plötzlich muss TERGA-Alpha lauthals lachen: »Jetzt verstehe ich auch den Begriff »Manager«. Der leitet sich ab aus dem Lateinischen von »manus«, die Hand. Auch das italienische »maneggiare«, handhaben, zeigt die Wurzeln des Wortes Manager.« Da erinnert sich TERGA-Beta:
»Die ersten Manager wurden 1870 in London ernannt. Es waren Zirkus-Direktoren, die in der Manege managen.« Alle drei hielten sich die Bäuche vor Lachen.

Sie fragen einen Mitarbeiter: »Warum machen Sie all diese Kunststücke?«
»Ja, das steht in meiner Stellenbeschreibung.«
»Bezahlen das alles Ihre Kunden?«
»Ich weiß nicht. Mein Chef gibt mir das Gehalt. Wenn ich es besonders gut mache, bekomme ich vielleicht eine Gehaltserhöhung.«
Dann fragen sie den Manager:
»Woher bekommen Sie denn das Geld für ihre Mitarbeiter?«

»Dafür gibt es ein Budget. Wenn das nicht reicht, erhöhen wir die Eintrittspreise in den Zoo. Wir sind nämlich der beste Zoo und der beste Zirkus in dem kleinen blauen Dorf. Unsere Arbeiter beherrschen die besten Papier-Kunststücke. Dafür bezahlen die Kunden auch hohe Eintrittspreise.«

»Und wenn keiner kommt?«

»Dann erlassen wir eben Gesetze.«

»Wie soll das denn gehen?« fragt TERGA-Alpha ganz interessiert. »Wie wollen Sie per Gesetz Nachfrage erzeugen?«

»Ein gutes Beispiel ist die neue Grabstein-Rüttel-Verordnung«, ist die prompte Antwort. (Diese Verordnung ist tatsächlich 2002 in Kraft gesetzt worden. Anmerkung des Autors) »Einer alten Dame war beim Besuch der letzten Ruhestätte ihres Gatten der Grabstein auf den Fuß gefallen. Sie klagte gegen das Friedhofsamt und gewann. Daraufhin wurde die Grabstein-Rüttel-Verordnung in Kraft gesetzt. Seit diesem Zeitpunkt müssen auf allen Friedhöfen in allen Städten der Republik einmal in Jahr alle Grabsteine von Bediensteten des Friedhofamts gerüttelt werden. Und es müssen Leute mit technischer oder Ingenieur-Ausbildung sein. Sicherheit geht über alles.«

Bei soviel amtlichem Rütteln schütteln die TERGA-Leute nur noch den Kopf: »Und der Bürokraten-Apparat wächst und wächst. Sie können sich in Deutschland wirklich sehr gut intern beschäftigen. Eines ist jetzt sicher: Ihre Bürokraten fressen den Staat.« Einer schüttelt sich vor Lachen: »Das erinnert mich an ein Bild, das ich bei den Affen gesehen habe. Zehn Affen sitzen im Kreis und lausen sich gegenseitig den Rücken.«

Das alles ist zuviel für unsere drei Freunde. Sie sind etwas traurig, denn das war nicht das Bild von Deutschland, was sie auf TERGA hatten. Enttäuscht (Sie hatten sich auf TERGA getäuscht und waren jetzt enttäuscht) schauen sie auf ihr Einkaufsliste und setzen sich in ein Internet-Cafe. Sie packen ihren Laptop aus und starten das Einkaufs-Surfen:

- 3 BMW, »made in USA«,
- 3 Mercedes, »made in Frankreich«,
- 5 VW, »made in Spanien«,
- 10 CD-Player, »made in Korea«,
- 50 Adidas-Schuhe, »made in Taiwan«,
- 20 PCs, »made in China«,
- usw.

Die grüne Wiese

Als sie fertig sind, bezahlen sie und diskutieren intensiv, warum das Volk der Erfinder und Unternehmer diesen ganzen Schwachsinn mitmacht. TERGA-Beta vermutet: »Ich habe das Gefühl, die erkennen noch nicht einmal, dass es Schwachsinn ist, und dass sie selbst dabei die Verlierer sind!«

Doch dann entdecken sie die Lösung ihres Rätsels. Hinter den Pyramiden auf einer wunderbar gepflegten grünen Wiese sind mehrere riesengroße Rasenmäher am Werk. Die TERGA-Leute gehen etwas näher und sehen mit Erstaunen: »Die Grashalme, das sind ja alles Menschen, 80 Millionen Menschen!«

Die Rasenmäher sind Politiker mit ihren Behörden-Apparaten und Gewerkschafts-Bosse mit ihren Funktionären. Sie machen alles platt und halten alle kurz. Jeder, der herausragt, wird geköpft. Nichts Heraus-Ragendes überlebt.

Den Feinschnitt schaffen dann die Bürokraten der Banken, Kammern und Verbände. Man kann es ganz deutlich sehen: Ein Firmengründer hat sich geduckt und will sich schnell selbständig machen. Abgeschnitten! Ein exzellenter Handwerker will nach fünfzehn Berufsjahren sein Wissen an Lehrlinge weitergeben, aber ohne Meister-Brief. Abgeschnitten! Zwei Hochbegabte wollen schneller Abitur machen. Abgeschnitten! An Schulen und Universitäten wird viel unter-richtet und zu wenig auf-gerichtet! TERGA-Gamma ruft: »Ich hab's erkannt. Die Rasenmäher wollen Schutzbedürftige erzeugen, die sie dann beschützen und verwalten können.« »Welch eine Schande! Welch ein Potential, das hier verschenkt wird und vernichtet!« Mit Grauen wenden sie sich ab von diesem blutigen Gemetzel.

Am Rande der Wiese kommen die Rasenmäher nicht weiter. Dort liegen große Findlinge und auch kleinere Steine. An solchen Steinen, wie dem Porsche-Chef Dr. Wendelin Wiedeking, da beißen sich die Mäher ihre Zähne aus. Zwischen all diesen Steinen hat sich eine bunte Mischung von Gräsern, Blumen und Sträuchern entwickelt. Sogar Vögel und andere Tiere haben sich eingenistet. Ein lebendiges, farbenfrohes Biotop, das sich selbst erhält und selbst ernährt. Hier braucht es keinen Gärtner und auch keine Rasensprenger, die gigantische Liquidität verschlingen.

Das macht unseren drei Freunden von TERGA wieder Mut. »Die grüne Wiese sieht ja auch ein bisschen eintönig aus und lang-weilig.« »Die törnt nicht an! So heißt das heute bei der Jugend. Die ist nicht geil!« Sie schlagen sich kräftig auf die Schulter und lachen lauthals.

Die deutsche Hoffnung: Die Kraftzwerge

Etwas versteckt in diesem Steingarten, weit ab von dem Zoo mit den Stall-Pyramiden entdecken sie schließlich doch noch die be-rühmten Garagenfirmen: den sogenannten Mittelstand. Die

Kraftzwerge in Deutschland. Bei denen gibt es keine Ställe. Unentdeckt von den Funktionären der Gewerkschaft und Verbände dürfen hier die Menschen selbst entscheiden. Sie dürfen ihre »nach 17.00 Uhr Fähigkeiten« schon vor 17.00 Uhr einbringen.

Üblich sind »Gehirn-Jogging« durch Job-Rotation und Projektarbeit. »Training on the Job« und »Jeder tut hier alles!« sorgen dafür, dass die Menschen mit den Füßen auf dem Boden bleiben und doch die Zusammenhänge erkennen. Der Chef agiert wie ein Coach beim Fußball. Er fordert und fördert, macht Mut und nimmt Ängste, zeigt Perspektiven und gibt Orientierung im schnellen Wandel. Hier dürfen die Menschen miteinander reden und sogar mit den anderen Dorfbewohnern. Und hier ist sogar Lachen erlaubt. Die Menschen haben (meistens) Spaß bei der Arbeit. Sie kennen den Sinn ihres Tuns und auch persönlich ihre Kunden.

Sie überblicken die Gesamtzusammenhänge und die Abläufe quer durch die gesamte Firma. Denn nur wer das Ganze erfasst, versteht auch die Details. Die Chance, etwas Sinnvolles und Wertvolles zu leisten, macht die Menschen abends stolz, wenn sie erhobenen Hauptes nach Hause gehen: »Mein Kunde braucht mich!«

Die ganze Firma arbeitet wie eine kleine Dorfgemeinschaft, sozusagen mit verschiedenen »Handwerksbetrieben« in einem Gesamtunternehmen. Die TERGA-Leute vergleichen das mit einem lebendigen Organismus, in dem die verschiedenen Organe im Zusammenspiel ihre Leistung erbringen. Auf Impulse von außen, von Kunden oder Wettbewerbern reagiert dieser Organismus sofort – weil alles zusammen-hängt und nicht bürokratisch zerlegt und gelähmt wird. Hier gibt es keine Schnitt-Stellen, nur Naht-Stellen oder Verbindungs-Stellen: Verbindungen zwischen Menschen!

2.

SIND
DIE DEUTSCHEN
NOCH
ZU RETTEN?

Der Staat darf nicht zur Krake werden,
die mit unzähligen Armen
mehr und mehr umschlingt,
bewegungsunfähig macht und
schließlich erdrückt.
(Roland Koch)

Unsere Kinder – unsere Zukunft

Die Mission der Außer-Irdischen geht zu Ende. Sie machen sich auf den Weg zu ihrem Raumschiff. Auf dem Platz vor dem Zoo sehen sie lachende Kinder spielen. Mit leuchtenden Augen bauen sie an einem kleinen neuen Dorf. Kinder aus allen Teilen des Dorfes spielen zusammen, reden zusammen, bauen zusammen und lachen zusammen.

Auch einige Erwachsene, die aus ihrer Ställen ausgebrochen sind, machen fleißig mit. Ab und zu rennen sie zu den Garagenfirmen und holen sich gute Tipps. Alles ist etwas chaotisch, lebendig und in dauernder Bewegung – einfach natürlich, wie das ganze blaue Dorf.

Plötzlich beobachten unsere Freunde, wie auch aus dem Zoo noch mehr Kinder klettern. Die Stäbe sind nicht eng genug, sie aufzuhalten. Freudig werden sie von den anderen empfangen. Jetzt sind auch sie entfesselt, jetzt entwickeln auch sie sich und entpuppen ihre natürliche Kreativität. Jetzt entfalten sie sich – wie Schmetterlinge.

»Mir tun die Kinder leid. Wenn die hier von den Rasenmähern entdeckt werden. Gar nicht auszudenken!«

TERGA-Alpha macht eine lange Pause und denkt intensiv nach. Seine Stirn liegt in tiefen Falten.

Seine beiden Freunde kennen diesen Gesichtsausdruck: »Der hat was Großes vor!«

»Willst du etwa die Welt retten?!«

»Nein. Nicht die Welt, aber Deutschland!«

»Du bist verrückt. Lass uns fahren! Wir müssen nach Hause.«

TERGA-Alpha beschwört mit heftigen Gesten seine Begleiter: »Wir auf TERGA hatten doch vor 100 Jahren die gleichen Probleme wie die Deutschen hier und jetzt. Lasst uns wenigstens einmal zu deren König gehen und ihm unsere Erfahrungen erzählen. Wenn er unsere Hilfe ablehnt, komme ich sofort mit. Nur der eine Versuch!«

Nach kurzem Zögern willigen die beiden ein, und ab geht die Fahrt in das deutsche Zentrum der Macht, nach Berlin.

Audienz beim deutschen »König«

Dort klagen die vielen Ministerial-Beamten über die groben Planungsfehler beim Bau des Regierungsviertels: »Am meisten vermissen wir hier drei oder vier Golfplätze.«

Wo sollen denn all die Bundesbeamten ihre Zeit verbringen. Sie werden ja nicht mehr gebraucht.

»Die Rolle der Regierung hat sich in den letzten zehn Jahren stark verändert«, erklärt ihnen ein Ortskundiger. »Die Wirtschafts-politik macht Europa, die Finanzpolitik wird von Brüssel und Frankfurt gesteuert, die Verteidigungspolitik von der NATO, die Bildungs-Politik von den Bundes-Ländern, und die Forschungs-projekte bekommen europäische und sogar globale Dimensionen. Nur die grossen Konzerne sorgen noch für etwas Beschäftigung, wenn sie regelmäßig hohe Beamte für ihre Festreden engagieren.«

Besonders amüsieren sich die Drei über die »Stuhl-Festhalter«, denen sie überall in Berlin begegnen. Die haben alle Hände voll zu tun. Sie müssen sich mit beiden Händen fest an ihrem Stuhl festklammern, damit sie beim nächsten Stühle-Rücken nicht runterfallen.

»Das sind Politiker«, sagt der Ortskundige, als er die erstaunten Gesichter sieht. TERGA-Beta lacht laut: »Das erklärt auch, warum sie die Hände nicht frei haben, um in das Steuerrad des Staats-Schiffes zu greifen.«

Anfangs machten sich die Besucher über soviel Schwachsinn im Land der Dichter und Denker lustig. Dann aber werden sie von der bedrückenden Stimmung erfasst, die über dem ganzen Land lastet – wie ein schwerer Nebel. Bei ihnen ruft das wieder Erinnerungen wach an die tiefe Traurigkeit, die ihren eigenen Planeten vor einhundert Jahren beinahe zerstört hätte. Vielleicht können die Deutschen doch von ihren Erfahrungen auf TERGA profitieren. Gedacht, getan.

Sie ersuchen um eine Audienz bei dem König von Berlin. Der hatte sich ja bekanntlich als »oberster Diener des Staates« bezeichnet. »Sein Schloss ist wirklich nicht groß«, bemerkt TERGA-Gamma. »Seine Diener verneigen sich gar nicht so tief, und keiner sagt *Eure Hoheit*.«

Heute regiert in Berlin nicht mehr Friedrich der Große, sondern es residiert ein Bundespräsident. Der hat zwar offiziell nicht viel zu sagen. Aber gerade deshalb kann er viel sagen. Und er findet viel Gehör.
Der Empfang ist herzlich, aber der Bericht der Besucher schmerzlich. Nach einem freundlichen Smalltalk bittet sie der Bundespräsident um ein ganz offenes Wort.

TERGA-Alpha beginnt mit ernster Mine: »Sehr geehrter Herr Präsident. Wir beobachten das kleine blaue Dorf und besonders Ihr Land schon seit vielen Jahren, seit mehreren hundert Jahren. Sie haben zwar die Könige und die Diktatur des Adels abgeschafft. Aber jetzt haben Sie wieder eine Diktatur, die Diktatur der Bürokraten. Für die Bürger ist das Ergebnis immer noch das Gleiche.«

Der Außerirdische fasst seine Erkenntnis in einem Reim zusammen:

> *»Lerne zahlen ohne zu klagen!*
> *Lerne Tragen und Ertragen!*
> *Gib dein Geld dem Staate nur.*
> *Zahle viel, ohn' viel Gemurr'!«*

Der Bundespräsident zeigt Sinn für Humor und lächelt, allerdings etwas gequält. TERGA-Alpha fährt fort: »Der Bürger wird wie ein unmündiges Kind kontrolliert, kommandiert und korrigiert. Behörden, Unternehmen, Gewerkschaften und die Sozialverwaltungen, alle sorgen sie dafür, dass der Mensch immer unmündiger wird.

Dann muss er noch mehr kontrolliert, kommandiert und korrigiert werden. Und die Apparate und Wasserköpfe können wachsen. Bis das System kollabiert: Wenn jeder produktive Bürger einen eigenen Funktionär, einen Bürokraten und einen Manager bezahlen und ernähren muss.

Wir auf TERGA hatten mal die gleichen Probleme wie Sie hier in Deutschland. Glücklicherweise haben wir dann von der Natur gelernt: Parasiten in der Natur sind viel cleverer als manche Politiker. Die saugen nur soviel Nahrung von ihrem Wirt, dass der noch überleben kann.«

Der Präsident muss richtig lachen. »Der Vergleich ist zwar etwas befremdlich. Aber das Bild ist wirklich hilfreich. Wie haben Sie dann Ihr Problem gelöst?«

Die Diktatur der Bürokraten

»Herr Präsident, das ist eine lange Geschichte. Zunächst haben wir die Ursachen klar herausgearbeitet: Ähnlich wie Sie hatten wir die Leibeigenschaft und die Macht des Adels beendet. Ähnlich wie Sie hatten wir bei uns Demokratie und Menschenrechte eingeführt. Das allerdings etwa einhundert Jahre vor Ihnen, das heißt so um 1800 Ihrer Zeitrechnung. Wir hatten damals ein tolles Ausbildungssystem geschaffen, das die gesamte Bevölkerung einbezog. Dummerweise hatten wir aber unsere Organisations- und Führungs-Systeme nicht auf mündige und ausgebildete Wesen umgestellt. Die alten Muster wurden einfach weiter genutzt.
Unsere Wirtschaft hat sich auch, ähnlich wie bei Ihnen, von der Landwirtschaft über die industrielle Fließband-Fertigung zur komplexen Produktion komplexer Produkte und zur Wissensarbeit entwickelt. Die Arbeitswelt veränderte sich dramatisch in eine schnelllebige, vernetzte und unübersichtliche Informations- und Wissens-Gesellschaft.«
Der Präsident hörte gespannt zu und konnte die Parallelen nur bestätigen: »Ja, in der Situation sind wir heute auch.«

»Damals, es war etwa 1900, bekamen wir auf TERGA dann riesige Probleme: Die Unternehmen waren nicht mehr konkurrenzfähig und der Staat nicht mehr bezahlbar. Wir hatten, wie gesagt, vergessen, unsere Organisations- und Führungs-Modelle der neuen Situation und den qualifizierten Menschen anzupassen. Besonders in den Groß-Unternehmen ging man immer noch von ungelernten und unwilligen Arbeitern oder von Bauern aus, die am besten die Sprache der Peitsche verstanden. Die meisten Systeme haben wir leider ungeprüft und unverändert auf die neue Welt übertragen, obwohl dort gut ausgebildete und gut informierte Menschen lebten und arbeiteten:

- Als **Organisations-Struktur** hatten wir das hierarchische und arbeitszerlegende System vom Adel und vom Fließband übernommen. »Teile und Herrsche!«

- Das **Führungs-Modell** mit den Vorstellungen von Herr und Knecht, mit unten und oben, hat sich auch immer weiter vererbt – nicht absichtlich, aber schleichend. Es hat sich auch leicht verändert. Man nannte die Leute nicht mehr »Untertan«, sondern »Untergebene«.

- Die **Bezahlungssysteme** kannten nur die »Stelle« am Fließband, selbst als es keine Fließbänder mehr gab. Der Mensch als Person und Persönlichkeit existierte für sie nicht.

- **Karriere** hieß nach wie vor, »möglichst viele Leibeigene unter sich bekommen« – wie damals beim Adel oder beim Militär. Dieses Karriere-Prinzip haben wir krampfhaft beibehalten, selbst als wir die langen Leitern beim »LEAN«-Management drastisch verkürzt hatten und mit Netz-Organisationen und Projekt-Teams arbeiteten. Mit klangvollen Titeln, Statussymbolen und ein paar Untergebenen gaukelten wir den Menschen immer noch vor: »Jetzt haben Sie Karriere gemacht!«

Das Ergebnis ließ nicht lange aus sich warten: Die Unternehmen entwickelten sich zu perfekten Entmündigungs-Anstalten. Das Management und die Gewerkschaften arbeiteten mit aller Kraft daran, die gut ausgebildeten Leute zu »dressieren«. Und das nur, damit sie in die alten Systeme passten.
Wirtschaftlich führte das prompt in eine Katastrophe. Denn die aufgeblähten Firmen-Apparate beschäftigten sich nur noch mit sich selbst und produzierten viel zu teuer. Das Einzige, was störte, war der Kunde.

Wir trauten unseren Bürgen natürlich auch nicht zu, ihr Gehalt selbst zu verhandeln. Das endete dann in einem gigantischen, unmenschlichen Tarif-Kartell und Millionen von Arbeitslosen.

Der »Vater Staat«: Ein Riesen-Apparat zur Zwangs-Beglückung

Auch das Bild des Staates hatten wir unverändert von der Adels-Herrschaft auf die neue Welt übertragen. Der »Vater Staat« sah in seinen Bürgern immer noch die unmündigen Kleinkinder. Der Staat wollte alles bestimmen und entscheiden – wie damals der Fürst bei seinen Untertanen.

Aus der Sicht der Sozialsysteme waren auf TERGA alle, ja ich sage alle, Bewohner schutzbedürftig! Das Resultat: Mit diesem Bild des »schutzbedürftigen Bürgers« schufen unsere Bürokraten dann auch tatsächlich schutzbedürftige Bürger. Was gut gedacht war, wurde schlecht.

Bis schließlich neunzig Prozent der TERGA-Bewohner Zuwendungen von den staatlichen Systemen erhielten oder erwarteten: Beamten-Bezüge, Renten, Pensionen, Krankheitskosten, Arbeitslosengeld, Sozialhilfe usw..«

Der Bundespräsident nickte zustimmend. »Bei uns in Deutschland sind wir auch schon bei achtzig Prozent. Und wie ging es bei Ihnen weiter?«

»Man kann es ähnlich ausdrücken wie Ihr Herr Goethe in seinem Faust: Der Staat als Macht, die stets das Gute will und stets das Schlechte schafft. Die Apparate der Zwangs-Beglückung wucherten ungebremst und waren schließlich nicht mehr zu finanzieren.

Dann fanden wir aber schnell die Lösung. Wir haben die Kosten einfach den nächsten Generationen aufgeladen. Bis die Jungen schließlich den Aufstand probten. Sie kündigten den Generationen-Vertrag! Sie begannen damit, keine Renten und keine Pensionen mehr zu zahlen, und sie verwehrten den Alten den Zugang zu den Krankenhäusern. Diese Revolution hatte aber auch was Gutes. Sie öffnete uns allen auf TERGA die Augen und zeigte unsere Probleme klar und deutlich:

- *Die staatliche Fürsorge wurde vom Staat hemmungslos als Instrument zur Entmündigung missbraucht.*

Die explodierenden Kosten der Zwangs-Fürsorge zerstörten unsere Wirtschaftskraft. Das Einzige was wuchs, war die Zahl der Bürokraten und Funktionäre. Und die sorgten nur für eins, dass der Apparat wuchs. Denn so bekamen sie mehr Untergebene und auch mehr Gehalt. Das System nährte sich selbst.

- *Die beiden Tarifparteien, Gewerkschaften und Arbeitgeber, erzeugten mit ihrem Handeln Millionen von Arbeitslosen.*

Das sparte Kosten bei den Unternehmen und erzeugte Angst bei den Menschen. Die Gewerkschaften brauchten diese Angst, um neue Mitglieder zu bekommen. Und die Manager reduzierten die Kosten, um ihre Posten zu retten. Leider sanktionierten die Politiker diesen ganzen Schwachsinn, indem sie offiziell erklärten: »Nicht-Arbeiten ist genau so viel wert wie Arbeiten!« Das steigerte den Wunsch nach Unterstützung und blähte die Verwaltung der Arbeitslosen auf. Denn dort gab es dann viele gut bezahlte Jobs für die Funktionäre, die das System geschaffen hatten. Auch dieses System nährte sich selbst.

- *Die machthabenden Generationen plünderten die nachfolgenden Generationen schamlos aus.*

Unser Generationen-Vertrag war zu Beginn der industriellen Revolution auf TERGA eine bahnbrechende Erfindung. Damals hatte eine Familie vier bis sechs Kinder. Das Erwerbsleben startete mit vierzehn und die Lebenserwartung lag bei sechzig Jahren. Nach und nach wurde dieser Vertrag zum Fass ohne Boden und zu einer tickenden Zeitbombe.

- *Unsere wesentlichen Grundwerte wie Freiheit, Solidarität, Eigen-Verantwortung und Verantwortungs-Bewusstsein wurden von uns damals systematisch zerstört.*

Zurück blieb das Zerrbild eines Staates mit Zwangs-Beglückung, Zwangs-Abgaben und Zwangs-Arbeit. Das Ergebnis waren unmündige Untertanen, unwillige Untergebene und faule Drückeberger. Ganz wie zu Zeiten des Adels. Der Kreis hatte sich wieder geschlossen! Kurz gesagt, unser Staat wurde durch sein Handeln existenzbedrohend für seine Bürger. Er hatte deren Lebensgrundlagen zerstört: Die Fähigkeit, für sich selbst zu sorgen und das Solidargefüge der Familie. Wachsamkeit und Achtsamkeit wurden gelähmt. Die Menschen waren unfähig, ihr Leben selbst in die Hand zu nehmen.«

Schweigend und aufmerksam hörte der Bundespräsident zu. Diese Situation kam ihm sehr bekannt vor: »Die Klarheit Ihrer Analyse ist wirklich überzeugend. Jetzt interessiert mich nur noch, wie Sie die Probleme gemeistert haben. Denn heute scheinen Sie ja aus dem Tal der Tränen raus zu sein und haben wieder einen blühenden Planeten. Also, was haben Sie damals unternommen?«

Eigen-Verantwortung macht stolz

»Unsere Regierung hatte glücklicherweise den Teufelskreis erkannt und mit einem riesigen Befreiungsschlag durchbrochen.
Kurz bevor das System vollständig kollabierte und die Revolution
den ganzen Planeten erfasste hat sie den »**Zehn-Prozent-Staat**«
ausgerufen und auch eingeführt. Unser Staat hat sich damals nicht
um zehn Prozent reduziert, sondern *auf* zehn Prozent!« »Das ist ja
ungeheuerlich! Und das hat geklappt?« fragt der Präsident un-
gläubig.

»Ja«, antwortet TERGA-Beta. »Unsere Regierung hatte damals
den Mut zu diesem Schritt bekommen, als sie sich vier Einsichten
klar gemacht hatte:

- Unser Bildungssystem hat die ehemaligen Analphabeten mit
  einem soliden Grundwissen ausgestattet.

- Eigen-Verantwortung macht unsere Bewohner stolz. Fremd-
  Steuerung macht sie faul und unmündig.

- Unmündige Bürger haben Angst vor der Zukunft und wollen
  keine Durst-Strecken durchstehen. Bindungen werden schnell
  gelöst. Wir aber wollen starke und mutige Bürger. Die sind
  dann auch bereit, schwierige Situationen zu meistern. Das
  stärkt Loyalität und Solidarität im ganzen Land.

- Ein Staat, der auf das Schlechte in seinen Bürgern sieht, der
  macht sie schlechter. Ein Staat, der auf das Gute in seinen
  Bürgern sieht, der macht sie besser.«

TERGA-Alpha blickt den Bundespräsidenten mit ernster Miene an: »Sehr geehrter Herr Präsident, dürfen wir ganz offen zu Ihnen sein und Ihnen unsere persönliche Einschätzung Ihrer Situation beschreiben?«

» Ja, bitte. Ich bin darauf sehr gespannt.«

»Sie haben nach 1968 den deutschen Bürger gesellschaftlich befreit. Sie sorgten für mehr Rechte der Frauen, der Jugendlichen und der gleichgeschlechtlichen Beziehungen. Sie erlaubten mehr Freiheiten für die Presse und schafften das Staatsmonopol im Fernsehen ab. Gesellschaftlich sollten die Menschen als mündige Bürger gelten.

Sie haben allerdings vergessen, Ihren Bürgern auch die **ökonomische** Mündigkeit zu geben. Die 68er Revolution ist auf halbem Wege stehen geblieben. Der Rest muss jetzt folgen!

Mit 18 Jahren darf der Mensch wählen, Soldat sein, Verträge unterzeichnen und sogar eine Familie gründen. Sein Gehalt, das darf er aber nicht selbst verhandeln. Das ist und bleibt das Recht der Gewerkschaften.

Der Staat raubt ihm auch noch die Pflicht und das Geld zur eigenen Vorsorge – für sein Alter, seine Krankheit und seine Arbeitslosigkeit. Dafür ist er wohl noch zu jung!? Und er bleibt es sein Leben lang.

Wir haben Ihnen auch unsere Analysen schonungslos dargestellt, weil wir verhindern möchten, dass Sie das gleiche Schicksal ereilt, wie uns damals. Bei unserem Besuch in Ihrem wunderbaren Land haben wir viele Parallelen zur damaligen Situation auf TERGA erkannt. Wir glauben, dass Sie jetzt noch die Chance haben, gegenzusteuern und eine Katastrophe zu verhindern.«

Die drei Besucher von TERGA sind sehr höfliche Gäste. Sie haben sich häufig während ihrer Ausführungen verneigt und baten den Präsident ausdrücklich, ihre Bemerkungen nicht persönlich zu nehmen. Sie versicherten ihm mehrmals, dass sie nur aus enger Verbundenheit mit dem von ihnen so geliebten Deutschland so deutlich geworden sind: »Sehr geehrter Herr Präsident, das ist nicht mehr das Deutschland, wie es in unserer Erinnerung war. Darauf können Sie doch nicht stolz sein! Das sind doch keine Deutschen mehr!

Besinnen Sie sich doch bitte auf Ihre deutschen Stärken: Unternehmertum, Erfindergeist und Eigeninitiative. Diese Stärken haben vor über hundert Jahren den wirtschaftlichen Wohlstand der »*Gründerjahre*« ermöglicht und nach dem 2. Weltkrieg das »*Wirtschaftswunder*«. Was in Jahrhunderten gewachsen ist, das kann doch nicht in fünfzig Jahren alles zerstört worden sein! Unternehmen Sie doch bitte endlich etwas. Wir helfen gerne mit.«

Wer Unmögliches ermöglichen will, der muss Undenkbares denken

Soviel mitreißendes Engagement, soviel Ehrlichkeit und Offenheit hat der Präsident lange nicht mehr erlebt. Aber er schwankt noch zwischen Entrüstung über die vernichtende Kritik und der Entschlossenheit, etwas zu tun. Doch dann ent-schliesst er sein von Sorgen eingeschlossenes Herz. Er entfaltet seinen staatsmännischen Mut und wächst zu ungeahnter Grösse als er ausruft: »Wir werden die Kräfte Deutschlands entfesseln! Wir befreien die Menschen! Jetzt! Hier und heute!«

Aber wie? Noch bevor sich die übliche Ratlosigkeit wieder breit machen konnte, riefen die drei Besucher: »Wir können Ihnen Vorschläge machen, die sich bei uns damals bewährt haben und auch noch heute bei uns erfolgreich sind.«

Der Bundespräsident atmet tief durch: »Bitte sehr. Ich bin ganz gespannt.«

»Sehr geehrter Herr Präsident«, beginnt der erste. »Wenn Sie Unmögliches möglich machen wollen, müssen Sie zuerst Undenkbares denken.«

Der zweite Besucher fährt fort: »Wenn das Volk wieder Mut fassen soll, muss es wieder Luft zum Atmen bekommen und Stolz auf die eigene Leistung. Deshalb haben wir zwei Vorschläge zur Rettung Deutschlands. Erstens das Modell des »*Zehn-Prozent-Staats*« und zweitens eine »*Zukunfts-Werkstatt*«. Beides hat uns auf Terga vor einem Desaster bewahrt.«

Der Präsident ist ganz neugierig. »Das mit dem Zehn-Prozent-Staat habe ich schon verstanden. Aber was ist eine Zukunfts-Werkstatt?«

Die drei TERGA-Leute strahlen vor Begeisterung: »In der Zukunfts-Werkstatt kommen an zwei Tagen tausende von Menschen aller Altersgruppen zusammen und entwickeln gemeinsame Bilder für die Zukunft Deutschlands.

Mit unserem Visions-Computer können wir dann in diese Zukunft schauen, bis zu fünfzig Jahre im voraus. Wir können die Auswirkungen von Entscheidungen richtig sehen, lebendig und dreidimensional. »Virtual Reality« nennen Sie das im kleinen blauen Dorf. Wir stellen ihnen alles gerne zur Verfügung, samt unserer Software. Mal sehen, was Sie daraus machen.«

Der Präsident bedankt sich freundlich: »Das muss ich aber zuerst mit meinen Gremien besprechen.«

Die TERGA-Leute sind erschreckt: »Bitte nicht, Herr Präsident! Dann bremsen Sie den ganzen Schwung.«

Der Bundespräsident überlegt lange: »Wahrscheinlich haben Sie recht. Es wird besser sein, die Bedenken-Träger erst gar nicht einzubinden. Aber der Bundeskanzler, der muss mit von der Partie sein.«

»Ist uns nur recht. Schliesslich soll er ja später die Vorschläge umsetzen.«

Das staats-tragende Volk: Es trägt den Staat

Gesagt, getan. Es ist schon eine illustere Gruppe, die um den Visions-Computer sitzt: Der Bundespräsident, der Bundeskanzler und die drei Besucher von TERGA. Eine geheime Kommando-sache zur Rettung Deutschlands. Der Kanzler versucht sich an dem Computer mit den üblichen Kombinationen volkswirtschaft-licher Daten. Er dreht an der Steuerschraube rauf und runter, an den Sozialabgaben, an der Staatsquote. Er simuliert neue Steuer-bemessungs-Grundlagen.

Aber die Ergebnisse für die nächsten zwanzig Jahre erscheinen düster, sehr düster. Eine wirkliche Katastrophe droht in Deutschland. Die drei Freunde bleiben bei all den Untergangs-Szenarien ganz gelassen. Ja, sie sind sogar etwas erheitert.

»Uns ging das damals auf TERGA genau so. Doch da betraf es sogar den ganzen Planeten. Hier geht es nur, verzeihen Sie meine Herren, »nur« um Deutschland.

Unsere Vorstellungen auf TERGA waren anfänglich nicht revolutionär genug, genau wie jetzt bei Ihnen. Wahrscheinlich brauchen auch Sie völlig neue Gedanken, Ideen und Bilder. Und genau deshalb die Zukunfts-Werkstatt!«

Die beiden Staatsmänner schauen sich fragend an und bleiben immer noch zögerlich. Da greifen die drei TERGA-Leute zum letzten Mittel: »Lassen Sie uns bitte eine kurze Stadtrundfahrt von einer halben Stunde machen, und betrachten Sie dabei Ihr Volk durch diese Brillen.«

Sie zeigen zwei Brillen, an denen von außen nichts Besonderes auffällt. Alle zusammen lassen sich durch eine belebte Einkaufsstrasse in Berlin fahren.

»Setzten Sie jetzt bitte die Brillen auf.«

Die Wirkung ist überwältigend! Durch diese Brillen betrachtet gehen die Menschen nicht mehr aufrecht, sondern Sie sind gebückt und stöhnen unter ihrer Last.

Den Grund kann man ganz deutlich sehen: Auf ihrem Rücken sitzen Menschen, richtige ausgewachsene Menschen. Die gebückten Menschen tragen einen, zwei und einige sogar drei auf ihren Rücken. Aber die können nur noch keuchend kriechen.

»Das kann man ja nicht mit ansehen! Das ist ja unglaublich!« ruft der Präsident ganz aufgeregt.

Der Kanzler traut seinen Augen nicht. »Was macht diese Brille?«

TERGA-Alpha antwortet ganz ruhig: »Das ist eine sogenannte *Belastungs-Brille*. Sie zeigt die Belastungen, die Ihre Bürger zu tragen haben. Die rechnet das, was die Bürger auf ihren Gehaltszettel schwarz auf weiss als Zahlen bekommen um, und zwar in Personen-Belastungen. Sie zeigt, wen die arbeitende Bevölkerung alles zu tragen hat.«

TERGA-Beta weist auf ein junges Ehepaar: »Dieses Paar zum Beispiel hat neben seinen beiden Kindern noch einen Rentner zu tragen. Dazu noch einen Bürokraten, es kann auch ein Funktionär sein. Die sind schwer zu unterscheiden. Und manche schleppen dann noch einen Arbeitslosen.«

Der Kanzler ist völlig sprachlos. Er nimmt die Brille dauernd ab, und setzt sie wieder auf. Nimmt sie ab, und setzt sie auf. »Das ist ja fürchterlich!«

Der Bundespräsident überwindet langsam seine Sprachlosigkeit: »Jetzt verstehe ich auch, warum in vielen Familien beide Partner arbeiten müssen, um sich ein Kind leisten zu können.«

Die beiden Herren sind sichtlich erschüttert und tief beeindruckt. »Als nackte Zahlen war mir das ja alles bekannt. Aber jetzt, so plastisch, das wirkt ganz anders!« Ermutigt durch den Erfolg schlägt das TERGA-Team einen Besuch in einer Fabrik vor. Die Brille wirkt sogar durch die Fabrikwände. Das Resultat ist noch niederschmetternder. Die Arbeiter sind nicht nur von der üblichen Last gebeugt und gebeutelt. Jetzt müssen sie auch noch ihren Chef tragen und dessen Chef. Dazu all die Stäbe und die ganzen Zentralbereiche, die Buchhaltung und so weiter, und so weiter, und so weiter. Jeder muss mit seiner Arbeit nicht nur sein eigenes Gehalt verdienen, sondern noch zwei oder sogar drei weitere.

Das Bild in Klein- und Mittel-Unternehmen ist glücklicherweise etwas besser. Der Kanzler spricht wie zu sich selbst: »Hier wird wirklich deutlich, warum die Klein- und Mittel-Betriebe in Deutschland siebzig Prozent der Wertschöpfung bringen, warum sie die meisten Arbeitsplätze schaffen und sogar noch helfen, die Arbeitslosigkeit abzubauen. Denn die Großkonzerne produzieren Jahr für Jahr immer nur Arbeitslose. Kein Wunder bei deren Overhead!«

Der Bauer muss
den Adeligen und den Priester tragen.

Französische Karrikatur aus dem Jahre 1789.

Das Experiment mit der Belastungs-Brille ist wirklich ein voller Erfolg. Der Bundespräsident fasst sich als erster: »Da müssen wir jetzt wirklich was unternehmen! Das kann so nicht weitergehen!« Zur Ermutigung zeigt das TERGA-Team den beiden jetzt ein französisches Bild aus dem Jahre 1789. Auf einem gebeugten Bauern sitzen zwei prachtvolle Gestalten. Die Bildunterschrift sagt alles: *Der Bauer muss den Adeligen und den Priester tragen.* »Heute sind das bei Ihnen die Bürokraten, die Manager und die Sozialsysteme.«

Der Kanzler denkt laut: »Damals folgte die Französische Revolution, und die beiden auf dem Rücken verloren ihre Köpfe. Das kann ich mir in Deutschland aber nicht vorstellen.«

Der Präsident nickt zustimmend: »An eine Revolution glaube ich auch nicht. Das hat schon Lenin erkannt, als er sagte: Die Deutschen sind keine Revolutionäre. Wenn sie einen Bahnhof stürmen wollen, dann lösen sie vorher noch eine Bahnsteigkarte.«

Der Kanzler lacht etwas gequält: »Da gebe ich Ihnen recht. Heute setzen sich die Deutschen in eine Ecke, jammern über alles und vermiesen in ganz Europa die Stimmung. Das muss jetzt anders werden! Also, meine Herren, ich habe genug gesehen. Was raten Sie uns? Wie geht das mit der Zukunfts-Werkstatt?«

3.

DIE ZUKUNFTS-WERKSTATT:

ZWEI TAGE VERÄNDERN DEUTSCHLAND

Freiheit ist ohne Ordnung nicht möglich.
Ordnung ohne Freiheit ist aber wertlos.
(Mahatma Gandhi)

Deutschland fasst sich ein Herz

Das ist wirklich ein riesiges Medien-Spektakel: Einhundert Konferenzen mit jeweils einhundert Menschen, zeitgleich in einhundert Städten und Gemeinden Deutschlands. In zwei Tagen sollen Zukunftsbilder und Visionen für Deutschland entwickelt werden.

Die Zusammensetzung ist überall gleich. Die einhundert Bürgermeister haben jeweils eingeladen:

- 25 Kinder im Alter zwischen fünf und vierzehn Jahren,
- 25 junge Erwachsene zwischen fünfzehn und vierundzwanzig,
- 25 Erwachsene von fünfundzwanzig bis neunundfünfzig und
- 25 Senioren über sechzig Jahre.

Bei der Auswahl der Berufe waren die Bürgermeister völlig frei. Allerdings dürfen nur maximal ein Politiker und nur ein Verbandsfunktionär an der Konferenz teilnehmen. Die hatten ja schliesslich fünfzig Jahre Zeit gehabt, Zukunftweisendes zu schaffen. Jetzt sollten bewusst mal die anderen ran.

Die gebündelte Kraft Deutschlands wird aktiviert:

- die *Phantasie* der Kinder,
- die *Energie* der Jugend,
- das *Wissen* der Erwachsenen und
- die *Erfahrung* der Senioren.

Die Aufgabe ist allen klar: Zukunfts-Szenarien schaffen für den Standort Deutschland. Bilder einer Zukunft, die lohnenswert ist und lebenswert.

Die Moderatoren der einhundert Einzel-Konferenzen waren von den TERGA-Bewohnern trainiert. Alle haben Anschluss an den Zukunfts-Computer, und das Fernsehen berichtet live von der Eröffnungs-Zeremonie. Danach ist die Öffentlichkeit ausgeschlossen, bis zu den Zwischen-Ergebnissen am Abend. Eine knisternde Spannung liegt über Deutschland.

Die anfängliche Euphorie lässt aber schnell nach. Überall geschieht dasselbe, was schon dem Kanzler passiert war. Die Zukunftsbilder wollen sich einfach nicht aufhellen.

Die Stimmung in den hundert Konferenzsälen wird immer gedrückter. Jetzt wird auch den jungen Menschen das Ausmaß des deutschen Dilemmas deutlich vor Augen geführt. Die Motivation ist schnell auf dem absoluten Nullpunkt.
Ein Triumph für die Politiker und Bürokraten:
»Haben wir doch gleich gesagt!«
»Das klappt doch nie!«
»Es gibt keine bessere Lösung.«
»Wenn wir Experten das nicht schaffen, wie soll denn Politik den Kindern gelingen. Die sind doch noch nicht trocken hinter den Ohren.«

Doch die Kritiker haben eine typisch deutsche Eigenschaft unterschätzt: »*Jetzt erst recht!*«
Die Kids surfen im Internet nach Lösungen im Ausland.
Die Jugendlichen aktivieren ihre Freunde in aller Herren Länder und die Erwachsenen ihre Geschäftsfreunde.
Die Senioren wühlen in der Vergangenheit nach positiven Beispielen: »Nach 1945 haben wir das Boot doch auch wieder flott gekriegt!«

Einige Konferenz-Teilnehmer rufen sogar über das Fernsehen alle interessierten deutschen Bürger zum Mitmachen auf: in den Internet-Foren und Chat Rooms.

Das Besondere an diesem Tag, an dem Abend und sogar in der Nacht ist der konstruktive Dialog zwischen den Generationen. Das hatte es vorher noch nie in dieser Intensität gegeben.

Überall geht es nur noch um das eine Thema: die Zukunft Deutschlands. Nicht nur in den Konferenzen, auch in den Familien, in den Kneipen, in den Büros, in den Fabriken, in den Cafes und auf den Strassen. Lange hatte nicht mehr ein so konstruktiver und fruchtbarer Gedankenaustausch in dieser Dimension stattgefunden.

Für alle ist es wie ein Geschenk, das sie sich gegenseitig machen: Ideen und Modelle, Phantasie und Wissen, Energie und Erfahrung. Und dies nicht gegeneinander, sondern miteinander. Wie in einer Großfamilie, wie in einer ganz, ganz großen Familie. Trotz aller Unkenrufe; diese positiven Erfahrungen machen den Menschen Mut. Denk-Blockaden werden gelöst, Ballast wird über Bord geworfen, und wirklich Undenkbares wird gedacht.

Deutschland, deine Stärken

Im Mittelpunkt aller Diskussionen bei dieser gigantischen Zu-kunfts-Werkstatt stehen immer wieder die beiden zentralen Fragen, die untrennbar zusammenhängen, fast wie siamesische Zwillinge:

- *Wozu brauchen wir eigentlich den Staat?* und
- *Welches Menschenbild ist für Deutschland angemessen?*

Nach und nach wächst unter den Konferenz-Teilnehmern die Erkenntnis, dass die Deutschen zwei große Stärken hatten und haben: *Unternehmertum und Bürokratie.*

Das Unternehmertum.
Dafür zeugen so klangvolle Beispiele wie die Herren Daimler, Benz, Bosch, Siemens, Thyssen, Sauerbruch, Albert Schweizer oder Martin Luther, die sich durch nichts und durch nieman-den von ihren Ideen abbringen ließen. Der deutsche Mittel-stand, das Rückrat der deutschen Wirtschaft, ist heute noch ein lebendiges Beispiel für diese Stärke.

Die Bürokratie.
Mit unserem ingenieurmäßigen Präzisionsanspruch wollen wir nichts dem Zufall überlassen. Deshalb gestalten wir sogar die Gebilde menschlichen Zusammenlebens, wie Staat oder Unter-nehmen, als Präzisions-Maschinen. Mit vielen Rädchen, die alle exakt nach festen Regeln funktionieren müssen. Damit das alles auch gut funktioniert, brauchen wir die vielen Funktionäre. Die achten darauf, dass alles passt und jeder exakt eingepasst wird. Damit ja nichts passiert. Leider passiert auch jetzt nichts mehr!

In den letzten fünfzig Jahren haben wir es tatsächlich geschafft, das Unternehmertum mit Bürokratie in den Griff zu bekommen. In diesem Moment der Erkenntnis verbreitet sich eine düstere und gedrückte Stimmung. Endlich durchbricht eine junge Frau die Mauer des Schweigens: »Ich kann dazu eine passende Geschichte erzählen:

Das Märchen vom Fenster

Es waren einmal junge dynamische Zwillinge namens Tore, die etwas unternehmen wollten. Einer, Willi Tore, lebte in Deutschland. Er wollte in seiner Garage eine kleine Software-Schmiede starten. Hier sein Leidensweg:

Seine Garage hatte keine Fenster. Wenn er aber mit seinem Kollegen darin arbeiten wollte, musste sie gemäß der Gewerbeaufsicht Fenster haben. Er stellte einen Bauantrag. Der wurde allerdings abgelehnt, weil Garagen gemäß Bauaufsicht keine Fenster haben dürfen. Als mutiger Unternehmer unternahm er etwas, machte sich strafbar, schlug ein Fenster in die Garage und startete sein Geschäft.
Willi war nicht nur mutig, sondern auch gut und sein Kollege ein kluger Kopf. Der Erfolg war groß. Die beiden nächsten Mitarbeiter sollten eingestellt werden. Aber die Gewerbeaufsicht verlangte zuerst eine Toilette. Beides zusammen überstieg seine finanzielle Kraft. Seine Bank finanzierte gern die Toilette, aber nicht die klugen Köpfe. Trotz der Widerstände entwickelte sich sein Geschäft recht gut.

Der fünfte Mitarbeiter sollte eine Mitarbeiterin sein. Wieder schritt die Gewerbeaufsicht ein. Es musste eine zweite Toilette her. Die zarten Bächlein der Gewinne flossen in Fenster, behördliche Genehmigungen, Bankzinsen und Toiletten. In Gips statt in Grips. Das war das Ende eines Traums. Die Behörden waren stolz. Sie hatten sechs Arbeitslose mehr geschaffen, die sie jetzt verwalten durften. Die Bank hatte zwei Toiletten in ihrem Besitz. Der junge Mann wurde bestraft wegen des Fensters und galt jetzt als Versager.

Sein Bruder auf der anderen Seite des Atlantiks hatte seinen Namen etwas geändert: Von »Tore« in »Gates«. Bill nahm seinen Bruder zu sich und in Erinnerung an die Erlebnisse in Deutschland nannten sie ihr neues Produkt »Windows«.

Und wenn sie nicht gestorben sind, dann öffnen sie noch viele Fenster zur Welt, schaffen Tausende von Arbeitsplätzen und werden Milliardäre.«

Diese Geschichte hat zwar nicht die Situation verbessert aber die Stimmung. Schmunzeln macht sich breit. Und dann kam die zündende Idee. Es ist das Kind, das laut in den Raum ruft: »Wir brauchen doch nur wie an einer Waage die Gewichte wegzunehmen: *Bürokratie runter, Unternehmertum rauf!*« Das Bild prägt sich allen sofort ein und findet überall volle Zustimmung.

Die Senioren bekommen sogar glänzende Augen: »Wie nach dem zweiten Weltkrieg. Wir hatten zwar nichts zu Essen und kein Dach über dem Kopf aber… Wir hatten aber auch keinen, der uns sagt, was wir zu tun und zu lassen haben. Wir unternahmen einfach etwas.«

Die Erwachsenen kannten zwar zur Genüge diese alten Geschichten, aber diesmal hören sie zu. Es klingt alles zu schön, um wahr gewesen zu sein. Vieles ist auch durch die Erinnerung verklärt. Aber ein Aussage ist für alle wirklich glaubwürdig:

»Solidarität, das war bei uns kein Fremdwort! Die Familie hielt zusammen. Die Nachbarn hielten zusammen und die Ortsgemeinde hielt zusammen. Solidarität wächst eben nur durch persönliche Beziehungen und nicht durch einen anonymen Umverteilungs-Apparat.«

Da fragt ein Jugendlicher: »Warum habt ihr denn dieses Erfolgsrezept nicht bei der Wiedervereinigung angewandt? Die ist euch ja so richtig in die Hose gegangen.«

Die Selbstkritik der Erwachsenen kommt zwar etwas spät, aber sie kommt: »Ja, Du hast recht. Wir haben die Stärke der Ostdeutschen nicht wertgeschätzt. Ihr Improvisations-Talent, das sie viele Jahre hat überleben lassen. Statt dessen haben wir mit unserer perfekten Bürokratie jedes aufkeimende Unternehmer-Pflänzchen platt gemacht.«

Ein ehemaliger *Ossi* meldet sich zu Wort: »Wir haben uns wirklich sehr über euer Geld gefreut. Leider haben wir dann zu spät gemerkt, dass wir durch dieses Geld abhängig geworden sind. Wir ließen uns dummerweise in diese Hängematte fallen und haben dabei unseren Stolz verloren.

Jetzt und hier haben wir aber die Gelegenheit, aus den Fehlern beim »*Aufbau Ost*« zu lernen. Lasst uns mit dem »*Neuanfang Deutschland*« deutliche Signale setzen. Nutzen wir die deutschen Stärken. Geben wir allen Deutschen ihren Stolz wieder zurück: den Stolz auf ihre eigene, persönliche Leistung.«

Er bekommt viel Beifall und auch Unterstützung. »Es ist wirklich eine Schande. Wir, das Volk der Dichter und Denker, wir müssen uns von europäischen Bürokraten und Erbsenzählern mit blauen

Briefen rügen lassen. Wir werden wie ein miserabler Schüler in die Ecke gestellt. Und das noch zurecht!«

Angespornt von soviel Selbst-Erkenntnis und inspiriert von vielen tollen Ideen aus der ganzen Welt formen sich bald die ersten Ergebnisse.

Das neue Menschenbild:
Der Bürger als vernunftbegabtes Wesen

Das Menschenbild war Ende des 19. Jahrhunderts in ganz Deutschland bei der Politik und den Großunternehmen sehr einheitlich geprägt:

Der Mensch als Bürger und Mitarbeiter war
- *unmündig,*
- *unwissend,*
- *uninformiert,*
- *unfähig zur eigenen Entscheidung,*
- *unfähig, seine eigenen Interessen zu vertreten,*
- *unwillig zur Arbeit,*
- *schlecht ausgebildet und*
- *zur Kriminalität veranlagt.*
Er eignete sich nur zum Untertan und zum Untergebenen.

Die Obrigkeit in Staat und Konzern musste alles vordenken, vorschreiben, anordnen und überwachen. Dieses Menschenbild hat sich in Deutschland seit Hunderten von Jahren nicht verändert. Der Kurfürst Friedrich Wilhelm von Brandenburg beschrieb es vor 250 Jahren sehr zutreffend:

»Es ist dem Untertanen untersagt,
den Maßstab seiner beschränkten Einsicht
an die Entscheidungen der Obrigkeit anzulegen.«

Als Arbeiter oder Angestellter ließ er sich seinen Lohn oder sein Gehalt vom Tarifkartell vorschreiben. Und der Sozial-Staat, eine tolle Errungenschaft des ausgehenden 19. Jahrhunderts, begann Schritt für Schritt sich bei seinen Bürgern um alles zu kümmern: von der Wiege bis zur Bahre.

Zu Beginn des 21. Jahrhunderts ist dieses Menschenbild, das zu Zeiten des Feudal-Staats und des Früh-Kapitalismus vielleicht angemessen war, nicht mehr gerechtfertigt. Die Zukunfts-Werkstatt geht deshalb von einem anderen Menschenbild aus, das zur heutigen Realität besser passt.

Der Mensch als Bürger und Mitarbeiter agiert wie ein Lebens-Unternehmer:
- *Er ist mündig, gut ausgebildet, gut informiert.*
- *Er ist fähig und bereit, Verantwortung für sich und andere zu übernehmen.*
- *Er sucht seinen Stolz in erfüllter Beschäftigung.*
- *Er ist ein soziales Wesen, das zu Solidarität fähig ist.*
- *Er ist an Gesellschaft und Gedanken-Austausch interessiert.*
- *Er ist Wissensträger und dadurch Deutschlands wichtigstes Vermögen in der Wissensgesellschaft des 21. Jahrhunderts.*
- *Er erkennt Gesamt-Zusammenhänge, sogar im »globalen Dorf«.*

Es scheint, als sei der deutsche Bürger jetzt »erwachsen« geworden – noch nicht immer, aber immer öfter. Er traut sich heute zu, Demokratie zu praktizieren. Er ist bereit, mit Freiheit und Unsicherheit verantwortungsbewusst umzugehen und Eigen-Verantwortung zu übernehmen. Eine Erkenntnis setzt sich bei allen durch. Eine Teilnehmerin fasst sie zusammen:

> *»Selbst-Vertrauen schafft Kraft und*
> *Eigen-Verantwortung macht stolz –*
> *auf die eigene Leistung.«*

Die Zukunfts-Werkstatt bedankt sich ausdrücklich bei den letzten Generationen, die diese Voraussetzungen erst durch eine freiheitliche Staatsordnung, ein solides Bildungssystem und ein wertschätzendes Erziehungsmuster im Elternhaus ermöglicht haben.

Die Perspektive:
Deutschland als »Know-how AG«
im globalen Dorf

Die Diskussionen ergeben auch ein klares Bild über die Rolle Deutschlands in der Welt: »Deutschland hat im Ausland einen tollen Ruf. Wir bauen die komplexesten Produkte, die komplexesten Autos, die komplexesten Anlagen und die komplexeste Software. Wenn es irgendwo auf der Welt äußerst kompliziert und kniffelig wird, dann holt man gerne Deutsche zur Lösung des Problems. So werden die führenden Hotels der Welt von Deutschen, Schweizern oder Österreichern geführt. Wir sind als die *Complexity-Manager* berühmt. Und genau das, das ist unsere Chance!«

Deutschland wird in dem kleinen globalen Dorf bestimmt nicht als **die** »Dienstleistungs-GmbH« angesehen, zu der jeder geht. Wir sind auch nicht mehr **die** »Produktions-GmbH«, bei der alle produzieren lassen. Deutschland hat aber die Chance, als »Know-how AG« auf der Welt akzeptiert zu werden. Und diese Chance gilt es zu nutzen.

Der deutschen Volkswirtschaft wird es gut gehen, wenn deutsche Produkte und Dienstleistungen in der Welt gefragt sind. Das ist eine Binsenweisheit. In der Wissens-Gesellschaft des 21. Jahrhunderts heißt das aber: Deutschland wird es gut gehen, wenn seine *Produktionsfaktoren*, die klugen Köpfe und die Wissensträger, am Weltmarkt der Arbeit gefragt sind, wenn sie ihr teueres deutsches Gehalt am Weltmarkt der Arbeit wert sind. Sonst wandert die Arbeit weg und die Arbeitslosigkeit steigt.

Ein Manager fordert vehement: »Wir dürfen unsere Mitarbeiter in den Unternehmen nicht mehr mit trivialen Routine-Arbeiten beschäftigen, dafür sind sie zu teuer. Solche Arbeiten werden nach und nach von Computern oder Robotern übernommen. Und dann steigt wieder die Arbeitslosigkeit.«

Aus dem Kreis der Teilnehmer kommen viele Bestätigungen: »Die PORSCHE AG hat deshalb Abschied genommen von der kleinteiligen Arbeitszerlegung am Band. Dort baut ein Arbeiter einen ganzen Motor alleine. Die Gewerkschaften hatten das anfänglich als *unzulässige Arbeits-Verdichtung* bekämpft. Aber jetzt erkennen auch sie die Vorteile.«

Ein Mitarbeiter von JENOPTIK bestätigt den Königsweg von der Produktions-GmbH zur Know-how AG: »Wir haben uns auf Entwicklung und Fertigung sehr komplexer Geräte mit sehr kom-

plexen Verfahren konzentriert. Nur so können wir überleben.«
Kommentar übers Internet: »Vergeßt nicht, dass VW sein
Spitzenmodell *Phaeton* in Dresden baut und PORSCHE den
Cayenne in Leipzig. Und das sogar ohne Subventionen. Unser
Know-how ist eben wertvoller als Geld!«

Ein junger Mann meldet sich zu Wort: »Bei uns in Rüsselsheim,
bei der Adam Opel AG, ist in den letzten Jahren die Anzahl der
Arbeiter in der Fabrik von 20.000 auf etwa 10.000 zurückge-
gangen. In derselben Zeit wuchs aber die Zahl der Mitarbeiter in
dem ITZ (Internationales Technisches Entwicklungszentrum) von
5.000 auf 10.000.«

TERGA-Alpha fasst zusammen: »Etwas überspitzt beschreiben
Sie das Ende des Kapitalismus. Es gab einmal eine Zeit, da
brauchte man viel Land, um viel Geld zu verdienen. Das war die
Blütezeit des Adels. Dann folgte die Zeit der Stahl- und der
Ölbarone. Bodenschätze waren die Quelle des Gewinns.

Mitte des 19. Jahrhunderts wurde das Geld, das Kapital als wich-
tigster Faktor entdeckt, um Geld zu erzeugen. Die großen Auto-
mobil- und Chemie-Fabriken sind heute der Höhepunkt dieser
Ära, in der die Menschen nur ein lästiges Anhängsel der Maschinen sind. In Zukunft, und zum Teil auch schon heute, kann man
ohne großen Kapitaleinsatz und ohne Bodenschätze oder Land
viel Geld verdienen. Wissen und die Wissensträger, die Menschen,
werden verstärkt zur Geldquelle, die nie versiegt. Nicht Geld wird
in Zukunft die Welt regieren, sondern Wissen und Weisheit.«

Dieses Bild macht richtig Mut: »Deutschland als Know-how AG
im globalen Dorf. Das ist eine wirklich positive Perspektive für
unseren Standort.«

Der Vater Staat: Fördern zur Mündigkeit

Das Bild des *Vater Staat* gibt Anlass zu hoch emotionalen Diskussionen: »Unser *Vater Staat* orientierte sich immer noch an einem Vaterbild, das vor einigen hundert Jahren galt. Damals waren Frau und Kinder noch persönlicher Besitz des Mannes, der über sie nach Gutdünken verfügen konnte. Er hat für sie entschieden und sie mussten für alles fragen, manchmal sogar betteln. Manchmal hatte solch ein Vater nur ein Interesse: Sie für sich arbeiten zu lassen. Wie unser »alter« Vater Staat.«

Heute wagt es ein führender Berliner Spitzenpolitiker in aller Öffentlichkeit zu sagen: »Die Bürger sollen weniger konsumieren. Der Staat braucht mehr Geld für seine Aufgaben!« Und sein Kollege S. verlangt sogar, dass *der Staat die Lufthoheit über die deutschen Kinderbetten bekommt.*« Damit muss endlich Schluss sein!

Eine Teilnehmerin bringt es auf den Punkt: »Der *neue* Vater Staat erzieht jetzt seine *Kinder* zur Selbstverantwortung und Mündigkeit. Er zwingt sie nicht mehr, ihre Füße unter seinen Tisch zu stellen – und das ein Leben lang. Er macht seine Bürger nicht abhängig von sich, damit er über sie Macht ausüben kann. Er behandelt seine Bürger wie vernunftbegabte Wesen. Er versteht sich und seine Angestellten als Dienstleister für die mündigen Bürger als seine Kunden. Er schafft optimale Rahmenbedingungen, damit die Bürger mit ihrem Wissen und ihren Fähigkeiten wachsen können.« Der starke Beifall macht deutlich: Dieses Bild ist tragfähig.

Ein Vater kommentiert lachend: »Ich hab' ein großes Interesse daran, dass meine Kinder bald auf eigenen Füssen stehen. Sonst liegen die mir doch ewig auf der Tasche!«

Denk-Anstössiges

Europa wird die dynamischste, wissensbasierte
Wirtschaftsregion der Welt.

Gemeinsame Vision der EU-Gipfelkonferenz 2002

Je mehr Gesetze und Befehle prangen
desto mehr gibt es Diebe und Räuber.

Laotse

Sir, geben Sie Gedankenfreiheit!
Geben Sie wieder, was Sie uns nahmen.
Werden Sie von Millionen Königen der König.
Ein Federzug von Ihrer Hand,
und neu erschaffen wird die Erde.

Don Carlos, Friedrich von Schiller

Zum Abbau der Bürokratie
fehlen uns einfach die nötigen Beamten.

Amtsleiter einer großen deutschen Behörde

4.

DIE ZUKUNFT
HAT
BEGONNEN

Wenn du ein Schiff bauen willst,
trommle nicht die Männer zusammen,
um Holz zu beschaffen,
Werkzeuge vorzubereiten,
Aufgaben zu vergeben
und die Arbeit einzuteilen,
sondern lehre die Männer die Sehnsucht
nach dem weiten, endlosen Meer.
(Antoine de Saint-Exupéry)

Ein erster Blick in die Zukunft

Im Laufe des ersten Tages haben sich die Teilnehmer aller Konferenzen auf diese drei wesentlichen Vorstellungen geeinigt:

* *Das Menschenbild: Der Bürger als vernunftbegabtes Wesen.*
* *Die Perspektive: Deutschland als Know-how AG.*
* *Der Vater Staat: Fördern zur Mündigkeit.*

Sie bilden die Basis für die Arbeit der Teams am zweiten Tag. Sieben Handlungsfelder sind definiert worden. Für diese sollen bis zum Mittag des zweiten Tages Ideen und Vorstellungen entwickelt werden:

* *der neue Staat,*
* *das neue Renten-System,*
* *das neue Arbeitslosen-System,*
* *das neue Gesundheits-System,*
* *die neue Bildung,*
* *die neue Arbeitswelt und*
* *die neue Führung.*

Mit Hilfe des Zukunft-Computers werden die Auswirkungen der neuen Ideen und das Zusammenspiel der sieben Themen simuliert, sogar bis in die nächsten zwanzig Jahre. Ein wirklich spannendes Experiment, was da in Deutschland abläuft.

In hundert Orten arbeiten jeweils sieben Teams von etwa fünfzehn Personen an diesen sieben Schwerpunkten, die Deutschlands Zukunft bestimmen werden. Alle hundert Teams zu einem Thema stehen über den Computer in Verbindung. Sie tauschen ihre Vorstellungen aus und spielen die Konsequenzen durch. Vor Ort stimmen sie sich mit den anderen Themen-Teams ab. Der Computer fügt immer wieder alles zusammen. Unglaublich anregend und wirkungsvoll. Was keiner für möglich gehalten hat geschieht tatsächlich. Bis zum Mittag sind die ersten Konturen des deutschen Zukunftsbildes, der Vision für Deutschland, erkennbar.

Für den Leser schalten wir in den folgenden Kapiteln live in die Arbeitsgruppen, die an allen Standorten zu den sieben Themen arbeiten. Wir können so einen kleinen Einblick bekommen in das Denken und Arbeiten dieser Menschen, auf die in diesem Moment wirklich die ganze Welt schaut. Wir wollen direkt teilnehmen an ihren Zweifeln und Ängsten aber auch an Ihrer Euphorie. Vielleicht fangen wir sogar einige bahnbrechende oder sogar historische Augenblicke ein.

Der »Zehn-Prozent-Staat«: Der Bürger wird zum Kunden

Als erstes besuchen wir das Team in Düsseldorf, das mit neunundneunzig weiteren Teams an der zentralen Aufgabe arbeitet, das Bild des *neuen Staates* zu konkretisieren.

Ein Mitglied der Gruppe fasst die ersten Ergebnisse zusammen: »Wenn wir die tollen unternehmerischen Fähigkeiten der Menschen voll zur Entfaltung bringen wollen, brauchen wir weniger Regeln, Gesetze, Verordnungen und Vorschriften. Unser Vorschlag: nicht *um* wenige Prozentpunkte zu reduzieren, sondern *auf* wenige.«

Die Simulation im Zukunfts-Computer zeigt eine spannende Entwicklung im Zeitraffer. Zu Beginn sieht man das bekannte Bild mit den Paaren, die unter ihrer Last zu leiden haben. Nach und nach wird der Prozentsatz der Staatseingriffe reduziert. Erst auf neunzig, dann auf achtzig und dann auf siebzig. Große Enttäuschung. Es ist keine spürbare Besserung zu sehen!

Erst als der Staat sich auf dreißig Prozent seiner Aufgaben zurückzieht, kommt Bewegung in das Bild. Die Bürokraten steigen von den Rücken herunter und die Menschen beginnen sich aufzurichten. Bei zehn Prozent bewegen sich die Bürokraten sogar auf die Paare zu. Sie bieten ihr Wissen und ihre Dienst-Leistungen an. Die Spannung in dem Team am Bildschirm ist unerträglich. »Was ist denn das!« ruft einer völlig aufgeregt. »Schaut Euch den Beamten mal an.« Dann sehen es alle ganz deutlich. »Der lächelt ja. Der ist ja richtig stolz!«

Kein Wunder, denn ein Bürger hat sich gerade freundlich bedankt und das Honorar gerne bezahlt. Weil er als Kunde behandelt wird und weil er richtig begeistert ist. Der Rat des Beamten hat ihm sehr genützt und die hilfreiche Art des kompetenten Dienst-Leisters hat ihn wirklich überzeugt.

Die Beamten haben jetzt richtig Spaß an ihrer Arbeit:

»Mach dir ein paar schöne Stunden. Geh zum Kunden.«

Der Bürger als Kunde! Es geht also. Und billiger ist es auch noch! Denn der Bürger bezahlt nur noch für die Leistung, die er wirklich braucht.

Besonders schön ist die Entwicklung des Bürgers zu sehen, der bisher die Last zu tragen hatte: Er beginnt sich aufzurichten. Er dehnt sich und streckt seinen Rücken. Er lernt den aufrechten Gang. Er ist noch unsicher, kann es gar nicht glauben.

Er streift seine Fesseln ab. Er ent-fesselt sich, und er ent-wickelt sich vom Untertanen zum mündigen Bürger, vom Antragsteller zum Kunden.

Seine Kinder trägt er jetzt mit Leichtigkeit. Es ist eine richtige Freude, die Befreiung der Menschen mitzuerleben.

Leider ist das nur eine Simulation! Aber, was noch nicht ist, das kann ja noch werden.

Der erste Erfolg macht dem Team Mut. Über Internet stimmen sie sich schnell mit den anderen Teams ab, die in Deutschland an demselben Thema arbeiten. Dabei finden sie eine Menge vielversprechende Beispiele von service-orientierten Staaten auf der ganzen Welt, und sogar schon positive Vorbilder in Deutschland.

Die nächsten Schritte sind jetzt schnell getan: Die Ämter der Städte, Länder und des Bundes werden größtenteils in privat geführte Service-Unternehmen umgewandelt, die dem Bürger Dienst-Leistungen erbringen.

Deutschland als »Dienst-Leistungs-Wüste«. Das gehört in Zukunft der Vergangenheit an. Die vielen Sach-Bearbeiter werden zu Kunden-Betreuern, und die Verbands-Funktionäre können jetzt ihr Geld als Berater verdienen. Zwangs-Mitgliedschaften sind out.

Auch für die »Stuhl-Festhalter«, die Politiker, zeichnen sich am Bildschirm neue Aufgaben ab: Das Ausmisten des Bürokraten-Dschungels um neunzig Prozent. Die verbleibenden Gesetze bekommen jetzt ein Verfallsdatum, damit sie nicht wieder hundert Jahre Veränderung unbemerkt überdauern können.

Die neuen Sozial-Systeme:
Soziales wird menschlich

Dieses Thema sorgt natürlich an allen Konferenzorten für heftigste und äußerst kontroverse Diskussionen, zumal ja alle Generationen in einem Raum sitzen.

Solidarität und Egoismus, Eigenverantwortung und Fremdsteuerung, Hängematte und Schmarotzertum. Kein Gegensatz wird ausgelassen, jeder Sprengstoff wird gezündet. Es geht hoch her. Die Meinungen prallen aufeinander.

Besonders aktiv beteiligen sich die jungen Generationen, auf deren Schultern im Moment alle Last abgeladen wird. Überraschenderweise melden sich aber auch viele Senioren zu Wort: »Wir kommen uns heute so richtig abgeschoben vor, überflüssig und unnütz.«

Nach vielen gegenseitigen Vorwürfen beginnt die Diskussion endlich, konstruktiv zu werden. Diese Entwicklung nimmt ihren Anfang in einer Gemeinde in Nordrhein Westfalen. Ein Schüler erklärt:

»Bei uns war Friedrich Wilhelm Raiffeisen geboren. Seine Ideen könnten für unser Problem eine gute Lösung bieten. Herr Raiffeisen hatte 1847 die ersten Selbst-Hilfe-Organisationen für selbständige Bauern gegründet. Daraus entstanden 1877 die Raiffeisen-Genossenschaften.

Seine Vorstellung von Solidarität basierte auf:
* *Selbst-Hilfe,*
* *Selbst-Verantwortung,*
* *Selbst-Bestimmung.*

So alt und doch so neu!«

In mehreren Diskussionswellen, die durch die Bundesrepublik rollen, kristallisieren sich schließlich drei Grundprinzipien heraus, auf denen die Versorgung der Alten, Arbeitslosen und sozial Schwachen beruhen sollen:

- *Eigen-Verantwortung und Hilfe zur Selbsthilfe,*

- *»Persönliche Beziehungs-Solidarität«*
  statt »anonyme Zwangs-Solidarität«,

- *wer Leistung erhält, ist auch zu Gegenleistung verpflichtet.*

Einer der Senioren erläutert: »Wir Menschen sind von der Natur aus soziale Wesen. Solidarität ist eine Grundeigenschaft freier Menschen. Das war schon immer so. Die gegenseitige Hilfe in den Dorfgemeinschaften, bei den Zünften und unter den Seeleuten sind doch positive Beispiele, z. B. die Witwenhäuser in Hamburg für die Witwen von Seeleuten. Diese Solidarität kann jedoch nur dort wachsen, wo die Menschen sich persönlich kennen. Solidarität kann man nicht erzwingen.«

Ein Kind ruft laut dazwischen: »Wenn ich zum Teilen gezwungen werde, dann will ich es einfach nicht! Freiwillig ist was anderes. Und natürlich, wenn es für meinen Freund ist.«

Zustimmendes Gelächter erfüllt den ganzen Raum. Ein junger Mann ergänzt: »Die Erwachsenen gründen dafür extra Charity-Clubs, wie ROTARY, LIONS oder KIWANIS.«

»Das ist doch typisch amerikanisch!« entgegnet eine Frau. »Ihr vergesst in Deutschland die Millionen freiwilliger Helfer, die ehrenamtlich beim Roten Kreuz oder anderen Wohlfahrts-Organisationen Dienst tun. Ehrenamt, das ist typisch Deutsch!«

Plötzlich steht die Frage im Raum: »*Warum nützen wir bei unseren Sozialsystemen nicht die deutsche Tugend der Hilfsbereitschaft und unsere freiwillige Bereitschaft, Bedürftigen zu helfen? Bei der letzen Flutkatastrophe in Ost-Deutschland oder den vielen Spendenaufrufen in populären Fernsehsendungen wird sie immer wieder deutlich sichtbar!*«

Der Rentner, der zu Beginn der Diskussion das Wort ergriffen hat, bringt noch einmal sein Anliegen vor: »Beachten Sie bitte auch, dass wir keine Almosen bekommen wollen. Geben Sie uns die Möglichkeit, auch Leistungen zu bringen. *Ich möchte keine Leistung ohne Gegenleistung!* Ich möchte mich nützlich machen. Ich bin doch kein Schmarotzer!«

Die Diskussion wurde stark emotional geführt: »Man kann aber von einer Frau mit zwei Kindern, die Sozialhilfe bekommt, keine Gegenleistung verlangen!«
»Das will ja auch keiner. Bei gesunden Arbeitslosen und rüstigen Rentnern spricht aber nichts dagegen. Sinnvolle Beschäftigung und das Gefühl, gebraucht zu werden, beides macht Menschen stolz.«

Ein Geistlicher ergänzt: »Hilf dir selbst, dann wird dir geholfen! So steht es schon in der Bibel.«

Der Rentner freut sich schon: »Mein körperliches Fitness-Programm heißt in Zukunft nicht mehr *Laufen hinter einem toten Golfball, sondern Laufen hinter einem lebendigen Kind.* Mir macht so was Spaß.«

Zum Schluss ist man sich in den Teams einig: »Das heutige System von *Zwangs-Beglückung und Zwangs-Abgabe* muss weg. Es erzeugt doch nur Verlierer! Lasst uns die deutschen Tugenden und die natürlichen Interessen der Menschen nutzen! Mit diesen Kräften lässt sich viel bewegen.«

Die Holländer haben ein passendes Sprichwort: »Wenn die Winde wehen, bauen die dummen Köpfe Mauern, die intelligenten bauen Windmühlen!«

Das neue Renten-System:
Altwerden hält jung

Das Modell für ein zukünftiges Renten-System wird grob beschrieben: Die Erwachsenen finanzieren selbst ihre Rentner, die sie in der Familie haben. Als Gegenleistung machen sich die Senioren in der Familie nützlich, helfen den Kindern bei den Schulaufgaben, fahren sie zum Sport und surfen mit ihnen im Internet:

- Altwerden hält jetzt jung.

- Altwerden muss nicht mehr bedeuten: abgeschoben, isoliert und abgeschnitten vom »normalen Leben«.

- Altwerden kann jetzt heißen: jung bleiben mit der Phantasie der Kinder.

Die Kinder in den Teams beginnen zu jubeln: »Ich freue mich schon auf die Spiele mit Opa.« »Meine Oma erzählt so tolle Gute-Nacht-Geschichten.« »Dann komme ich wieder öfter in den Zoo.«

Wer keine Rentner in der Familie hat, der sucht sich »Ersatz-Senioren«, für die er persönliche Patenschaften übernimmt. Die Großfamilie hat Renaissance. Auch wenn nicht alle unter einem Dach leben.

Bei diesen Diskussionen meldet sich ein Jugendlicher, der sich für Geschichte interessiert: »Da gibt es eine schöne Geschichte aus der Antike. Die Sage von Aeneas. Nach der Zerstörung Trojas rettet Aeneas, der Sohn von Aphrodite und Anchises, seine Familie. Er bringt seinen greisen Vater und seinen Sohn Askanios auf dem Rücken aus der brennenden Stadt. Ein antikes Symbol für generationen-übergreifendes Verantwortungs-Bewusstsein. Aeneas gilt auch als Verkörperung alter römischer Tugenden, insbesondere der »pietas«: taktvolle Rücksichtnahme, Familiensinn und Vaterlandsliebe.« Die Zuhörer sind richtig gerührt.

Der Gedanke findet immer mehr Zustimmung: Persönliche Beziehung und gegenseitige Hilfe als Basis des neuen Renten-Systems. Für die monatlichen finanziellen Zuwendungen ihres Rentners erhält die Familie jetzt Gegenleistungen und Erleichterungen im täglichen Leben.

Eine Rentnerin kommentiert: »Das Geld fließt nicht mehr in einen großen Apparat. Was hier an Verschwendung vermieden wird, das kommt jetzt den Beteiligten zu gute.«

Ein Familienvater erkennt: »Dann können meine Frau und ich den größten Teil unserer heutigen Rentenbeiträge sparen – für unsere eigene Altersvorsorge. Inklusive der Arbeitgeberanteile ist das richtig viel, viel Geld! Die Idee ist wirklich gut.«

TERGA-Alpha fasst zusammen: »Und der drohende Generationen-Konflikt wird auch vermieden – nicht nur heute, sondern sogar für die Zukunft.« Für alle Rentner, die auf die beschriebene Weise keine Unterstützung erhalten, man schätzt etwa zehn Prozent, für die sorgt die Gemeinde, ähnlich wie heute. Das Geld erhält sie durch Steuern – wie heute.«

Das neue Arbeitslosen-System: Arbeitslosigkeit wird persönlich

Die drei Familien, die heute schon einen Arbeitslosen unterstützen, suchen sich in Zukunft *ihren* Arbeitslosen persönlich. Man findet sich per Internet. Die drei Familien laden ihren Arbeitslosen ein, man lernt sich kennen und man hilft sich gegenseitig.

Wer keine Familien findet, den unterstützt die Gemeinde. Die Arbeitslosen machen sich für die Familien nützlich oder für die Gemeinde. Dieses System spart auch viel von der heute üblichen Verwaltung.

Ein großer Vorteil für alle Beteiligten: Das Geld fließt nicht mehr anonym. *Persönliche Beziehung und direkte Betroffenheit stärken Hilfsbereitschaft und Solidarität.*

Die Simulation am Zukunfts-Computer zeigt dann auch schnell das erfreuliche Bild einer Familie, die wieder aufrecht gehen kann, und die auch wieder mehr Geld hat – für sich, für ihre Kinder und für die freiwillige Unterstützung Hilfsbedürftiger.

Als die Rentner und Arbeitslosen von den Rücken der geplagten Familien heruntersteigen, ist es für diese natürlich beängstigend. Sie sind nicht mehr gewohnt, auf eigenen Füssen zu stehen. Einige stolpern auch, andere fallen sogar hin.

Vor den Bildschirmen schrecken die Konferenz-Teilnehmer richtig zusammen. Ist der Schock für die Rentner und Arbeitslosen nicht doch zu hart? Sind wir zu weit gegangen? Kann man den aufrechten Gang wirklich allen Menschen zumuten?

Aber die Zweifel sind schnell verflogen als die Menschen auf den Bildschirmen sich gegenseitig stützen. Die Jungen die Alten. Aber auch die Alten untereinander. Die befreiten Familien springen schnell zur Hilfe und stützen einige Langzeit-Arbeitslose. Ohne die drückende Last und die gebückte Haltung sind sie jetzt viel hilfsbereiter als vorher.

Ein Kommentar aus der Gruppe: »Das dankbare Lachen des Arbeitslosen ist wirklich eine tolle Motivation für die Familien.«

Auf den Bildschirmen beginnen jetzt die Familien, befreit und frei zu agieren. Aber nicht nur die. Auch die ehemaligen Bürokraten, die Rentner und die Arbeitslosen, sie alle kommen so richtig in Bewegung. Es breitet sich eine dynamische Stimmung aus. Die bedrückende Lähmung ist wie weggeblasen. Die geschäftige Vitalität begeistert alle: Die Menschen auf dem Bildschirm und die Teilnehmer der Konferenzen.

Das neue Gesundheits-System:
Was nichts kostet ist nichts wert

In der ganzen Republik kommt die Zukunfts-Werkstatt so richtig in Fahrt. Mit dem Elan der ersten mutmachenden Ergebnisse geht es jetzt auch an den dicken Brocken, an das Gesundheits-System. Der Software-Experte von TERGA hat sich in der Nacht das heutige Verfahren erklären lassen. Ihm stehen die Haare noch heute morgen richtig zu Berge. Alle lachen, wenn er sich mit seiner neuen Turm-Frisur sehen lässt. Aber, zum Lachen ist die Sache eigentlich gar nicht.

»Der Fall ist ganz einfach«, erklärt ihm noch einmal eine Mutter von zwei Kindern: »Ich habe eine der üblichen Erkältungen und brauche aus der Apotheke ein Mittel, um die Bronchien zu befreien. Damit die Krankenkasse die Medizin im Wert von zehn EURO bezahlt, muss ich aber erst zum Arzt. Ohne Rezept keine Medizin. Ohne Rezept auch kein Geld.

Nach ein oder zwei Stunden Wartezeit und fünf Minuten Gespräch mit dem Arzt habe ich das Rezept und gehe zur Apotheke. Dort bekomme ich das Mittel, aber nicht kostenlos, sondern gegen eine Rezeptgebühr von fünf EURO.«

Zwischenruf: »Und die soll noch auf zehn erhöht werden!«

Bis hierher konnte der Computer-Experte noch folgen: »Und wo liegt das Problem?«

»Ich verliere zwei Stunden meiner wertvollen Zeit. Der Arzt nimmt sich keine Zeit. Und man fängt sich zusätzlich ein paar neue Viren in dem überfüllten Wartezimmer.«

Da meldet sich ein Mediziner zu Wort: »Ich verstehe ja Ihre Klage, aber ich kann auch nichts anderes tun. Mehr Zeit kann ich Ihnen wirklich nicht widmen. Schließlich muss ich am Tag fünfzig Patienten haben. Sonst verdiene ich nicht genug zum Leben. Abends bin ich zwar richtig kaputt, aber wirklich anspruchsvolle Fälle, die habe ich ganz selten. Für soviel Kleinkram habe ich eigentlich nicht studiert!«

Ein Vater schimpft lauthals: »Meine Familie hortet nicht benutzte Medikamente. Welch eine Verschwendung! Von den großen Packungen nehmen sie drei oder vier Pillen. Dann geht es ihnen besser, und der ganze Rest landet im Schrank. Die Medikamente werden überhaupt nicht wertgeschätzt. Wenn die das selbst bezahlen müssten, dann würden sie kleine Packungen kaufen. Was nichts kostet ist nichts wert!«

Der Apotheker in dem Team klagt über die hohen Rabatte, die ihm die Krankenkassen abverlangen: »Und die Abrechnung wird auch immer komplizierter, weil Rezeptgebühren getrennt berechnet und an die Kassen abgeführt werden müssen, und so weiter und so weiter.«

Neugierig fragt TERGA-Beta: »Wenn Sie hier alle klagen, wer profitiert denn dann von dem System?«
Wie aus einem Munde rufen alle: »Die Krankenkassen, die Büro-kraten, die Verbands-Funktionäre. Die haben sich solchen Schwachsinn ausgedacht. Bestimmt nur, um sich ihre eigene Existenz zu sichern!«

Die Realität ist im Detail noch viel, viel komplizierter: mit Punktesystem und Rückzahlungs-Verpflichtung der Ärzte. Und dann noch die Krankenhäuser. Kein Wunder, dass die Haare des Außer-Irdischen immer höher steigen.

Am Ende des Vormittags ist der Computer endlich bereit für die Simulation eines neuen Gesundheits-Systems. Die Arbeitsgruppen »Gesundheit« haben an den verschiedenen Standorten – unabhängig voneinander – ähnliche Vorschläge für die neuen Lösungen.

Am Beispiel der Mutter wird das neue Modell erläutert:

»Die Mutter geht zur Apotheke, kauft die Medizin, bezahlt die Medizin und ist in einer Viertelstunde wieder zuhause. Die Krankenkassen können wir uns sparen!«

Eine Frau ergänzt : »Außerdem schaffe ich mir noch einen eigenen Erfahrungsschatz im Umgang mit den alltäglichen Krankheiten.«
Die Senioren melden sich auch zu Wort: »Unsere alten Hausmittel waren doch gar nicht so schlecht.«
»Gesunder Menschenverstand, etwas Lebenserfahrung und der Rat der Nachbarin haben mir schon so häufig geholfen.«

Eine andere Mutter beschwert sich: »Ich bezahle die meisten Medikamente schon heute selbst. Aber, eigentlich sehe ich das überhaupt nicht ein. Wenn ich schon fünfhundert EURO an die Kasse zahle, dann will ich auch was davon raushaben!«

Die Diskussionen werden immer wilder. Jeder macht seinen schlechten Erfahrungen Luft. Dann geht es auf die Raucher, die so hohe Krankheitskosten verursachen.
»Das Verantwortungsbewusstsein und die eigene Vorsorge müssen gestärkt werden.«

Schließlich ruft ein Kind: »Wenn ich aus Wut einen Teller kaputt werfe, muss ich ihn von meinem Taschengeld bezahlen. Meine

Eltern sagen dazu *Erziehung zur Selbstverantwortung*. Warum gilt das eigentlich nur für Kinder und nicht für Erwachsene? Die ruinieren ihre Gesundheit und lassen die anderen bezahlen.«

Betretenes Schweigen. Ein Jugendlicher gibt noch einen drauf: »Wer nicht hören will, der muss fühlen!« Die Verlogenheit des heutigen Systems wird deutlich und die Geldverschwendung in dem Apparat überdeutlich.

Das neue Modell zeichnet sich immer klarer ab und bekommt in Anlehnung an den Zehn-Prozent-Staat den Namen: die »*Zehn-Prozent-Krankenkasse*«:

1. Die gesetzliche Krankenkasse wird so konzipiert, dass nur noch *zehn Prozent* der heutigen Versicherungsfälle abgedeckt werden. Die Kasse zahlt »Großschäden«, das heißt sehr teure Operationen und Krankenhausaufenthalte.

2. Alles andere wird direkt zwischen dem Patienten und dem Arzt oder Apotheker abgerechnet. Leistungen gegen Geld. Eine direkte Kunden-Lieferanten-Beziehung zwischen Patient und Arzt.

3. Die Beiträge werden um siebzig bis neunzig Prozent gesenkt.

4. Wer will, kann mit privaten Zusatzversicherungen arbeiten.

5. Die Milliarden-Kosten für den heutigen Umverteilungs-Apparat werden eingespart.

Die Simulation am Computer zeigt wieder die bekannten Bilder: Einerseits Entlastung der Familien und auf der anderen Seite Bewegung im Kartell der Kassenärztlichen Vereinigungen und in den gesetzlichen Krankenkassen.

Die Funktionäre mit medizinischer Ausbildung kriechen als erste aus den Glaspalästen heraus. Zunächst fühlen sie sich als Verlierer und Ausgestoßene. Doch dann besinnen sie sich auf ihre Ausbildung und ihr Wissen. Sie eröffnen Arztpraxen und stellen ihre ehemaligen Sachbearbeiter als Helferinnen oder für den Empfang ein.
Jetzt bekommen alle ihre Patienten so richtig zu Gesicht – nicht mehr als Akten oder als Vorgänge, sondern als Menschen aus Fleisch und Blut. Die Sach-Bearbeiter werden zu Kunden-Beratern. Eine tolle Perspektive!

Nach anfänglicher Unsicherheit und Ablehnung hellen sich auf dem Bildschirm schnell die Gesichter der ehemaligen Sach-Bearbeiter auf. »Schließlich ist das dankbare Lächeln eines Patienten, dem ich geholfen habe, tausend mal mehr wert als ein abgearbeiteter Aktenberg.«
Dieser Kommentar eines *Ausgestoßenen* erleichtert und ermutigt die Teams der Zukunftskonferenz. Sie sind auf dem richtigen Weg. So könnte es viele Gewinner und nur wenige Verlierer geben.

Jetzt kommen auch die ersten Wissenschaftler aus ihrer Deckung. In die Arbeitsgruppen werden die Ergebnisse wissenschaftlicher Studien gereicht. Sie zeigen, dass sich für die Patienten die Versorgung verbessert und die Kosten reduzieren, wenn das gesamte gesetzliche Krankenkassen-System auf private Basis gestellt wird. Diese Bestätigungen machen der Zukunfts-Konferenz Mut und steigern den Elan der Beteiligten.

Die neue Bildung:
Aus-Bilden statt Unter-Richten

In den Arbeitsgruppen, die sich mit dem Bildungs-System beschäftigen, herrscht die einhellige Meinung, dass die PISA-Studie eine klare Sprache spricht. Das Bildungswesen in deutschen Landen war zur ideologischen Spielwiese machtbesessener, aber kleinkarierter Politiker verkommen. Deutschland ist dadurch weit, weit abgerutscht und spielt jetzt in der dritten Liga zusammen mit einigen ehemaligen Entwicklungsländern.

Die Lösungs-Vorschläge, die sich in der Diskussion als tragfähig erweisen, basieren alle auf fünf Leitgedanken:

- *Fördern durch Fordern.* Leistung soll sich wieder lohnen.

- Schüler und Studenten sind die *Kunden* der Schulen und Hochschulen.

- Die Schulleitung versteht sich als verantwortlicher *Unternehmer* in Sachen Bildung.

- Der Staat agiert wie eine *Führungs-Kraft, die kraftvoll führt.* Er legt Vision und Strategie fest, schafft optimale Rahmen-Bedingungen und »fummelt nicht im Tages-Geschäft herum«.

- Bei der *Wissens-Vermittlung* konzentrieren sich Schulen und Hochschulen auf zwei Schwerpunkte:

  - das *Aus-Bilden von Werten* (Know why, Gewusst warum). Das Gewusst, warum sich Menschen so verhalten, wie sie sich verhalten. Das Gewusst, warum sich Menschen so oder so verhalten sollten,

- das *Trainieren von Fähigkeiten, Fertigkeiten und Einsichten* (Know-how, Gewusst wie). Das Gewusst, wie etwas zusammenhängt: in der Natur, in der Wirtschaft und in der Politik,

- das Gewusst, wie man seine Gedanken vermittelt oder wie man einen Stuhl baut.

Das *Unter-Richten von Fakten* (Know what, Gewusst was) kann reduziert werden, weil im Internet fast alle Informationen zu finden sind. Es verschiebt sich in Zukunft das Gewicht der drei Wissens-Komponenten *Know what, Know-how, Know why* zugunsten von Fähigkeiten und Werten.

Die Einigkeit unter den Teams ist erstaunlich groß. Sogar die Lehrer und Professoren stimmen den Vorschlägen im Großen und Ganzen zu. Und bei dem Vorschlag, dass sie keine Beamten mehr sein sollen, ist ihr Aufschrei nur verhalten. Der heilsame Schock von PISA zeigt schon ersten Wirkungen.

Ein Schulleiter kommentiert diesen einsichtigen Sinneswandel: »Bei abnehmender Schülerzahl müssen wir uns den marktwirtschaftlichen Prinzipien beugen, ob wir wollen oder nicht. Wir schärfen zur Zeit unser Schul-Profil, damit wir für die guten Schüler und Schülerinnen attraktiv sind.«

5.

DIE NEUE ARBEITSWELT –
DIE NEUE WELT DER ARBEIT

Glück kommt nicht von den Dingen,
die wir besitzen.
Glück kommt durch die Arbeit
und unseren Stolz auf das, was wir tun.
(Mahatma Gandhi)

Aus »Unterlassen« werden »Unternehmen«

In der Hamburger Arbeitsgruppe zum Thema »Arbeitswelt der Zukunft« löst ein zehnjähriges Mädchen eine kontroverse Diskussion aus: »Manchmal verstehe ich meinen Vater überhaupt nicht. Wenn mein kleiner Bruder mit achtzehn Monaten alleine mit dem Löffel essen will, »Ich alleine!« oder wenn meine dreijährige Schwester alleine basteln will, jedes mal ermutigt sie mein Vater. Er ist richtig stolz, wenn wir etwas ohne fremde Hilfe geschafft haben. *Erziehung zur Selbstständigkeit*, so nennt er das. Er freut sich riesig über unsere glänzenden Augen, wenn wir ihm unsere Werke voller Selbst-Bewusstsein präsentieren. Dann kriegen wir richtig viel Lob.

In seiner Firma, als Manager, da ist er völlig anders. Dort müssen seine Mitarbeiter Dienstreisen und Urlaubstage beantragen. Dort dürfen Sie auf keinen Fall eine Schulung alleine buchen. Einer hat das mal getan. Da war er noch abends außer sich vor Wut: Wo kommen wir denn da hin, wenn die Untergebenen plötzlich selbst anfangen zu entscheiden. Schließlich habe ich die Personalverantwortung!«
Das Mädchen ergänzt noch: »Ich hoffe, mein Vater ist nicht schizophren.«

Diese Anekdote wird in den Chat Room gestellt und sorgt für Aufregung bei allen Arbeitsgruppen in ganz Deutschland.

Bissiger Kommentar eines Jugendlichen: »Ist es nicht Diebstahl, einem Menschen über achtzehn seine Entscheidung abzunehmen?«

Nach und nach wird das ganze Ausmaß von Schwachsinn in vielen Firmen und Behörden deutlich. »Einige Unternehmen sind ja richtige Entmündigungs-Maschinen, bei denen die Mitarbeiter mit der Macht der internen Bürokratie zu Unterlassern erzogen werden. Warum heißen diese Organisationen eigentlich »Unternehmen«? Die müssten eigentlich »Unterlassen« heißen. Das wäre doch viel treffender.«

Allgemeines Gelächter. Eine Frau ergänzt: »Nach 17.00 Uhr, dann sind dieselben Menschen aber Vorstand: im Kaninchenzüchter-Verein, im Tennisclub oder in einer Theater-Gruppe. Dann organisieren sie sogar Straßenfeste. Dann unternehmen sie alles das, was sie in ihren Unternehmen nicht unternehmen durften.«
Bei dem Wortwechsel geht es jetzt Schlag auf Schlag.

»Nach 17.00 Uhr haben sie auch wieder die Personalverantwortung für sich selbst. Dann entscheiden sie selbst, was sie tun und was sie nicht tun.«
»Dann unterschreiben sie sogar einen Scheck über 30.000,- EURO und kaufen sich einfach ein Auto. Das ist doch eigentlich unglaublich.«
»Aber morgens um Sieben ist die Welt wieder in Ordnung. Dann müssen sie eine Dienstreise beantragen, wenn sie mit der Bahn fünfzig Kilometer fahren wollen.«
Beifall, Gelächter und allgemeine Zustimmung.

»Diese interne Bürokratie verschlingt zig Millionen, und zusätzlich entmündigt sie noch die Mitarbeiter. Das ist nicht nur teuer, sondern auch unmenschlich.«
»Kein Wunder, dass die deutschen Firmen ihre Schlagkraft und Agilität verlieren. Wenn sie sich selbst so lähmen.«

Den Jugendlichen wird die Rederei zu bunt: »Dann lasst uns doch endlich was unternehmen!«

»Klar, eigentlich haben wir ja alles! Wir brauchen nur das neue Menschenbild und die Idee vom *Zehn-Prozent-Staat* auf Unternehmen anzuwenden!«

Eine Managerin freut sich so richtig und reibt sich die Hände: »Das ist eine tolle Idee. Schaffen wir doch neunzig Prozent der internen Richtlinien ab. Das schafft Luft!«

»Und Lust!« Zustimmendes Gelächter und etwas Ratlosigkeit. Wie soll das nur gehen? Aber nach und nach entdecken die Konferenz-Teilnehmer den Charme dieser Idee.

Aus einem anderen Konferenz-Ort kommt ein weiterführender Vorschlag: »Noch besser ist es, alle Richt-Linien abzuschaffen und durch wenige Spiel-Regeln zu ersetzen.«

Der Kunde wird zum Arbeit-Geber

In die Diskussion greift ein 32-jähriger Angestellter ein:
»Solange aber das Bild von *Herr und Knecht* noch in unseren Köpfen ist, nützen auch die neuen Spielregeln nichts.
Solange wir noch sagen: »*Ich arbeite für meinen Chef!*« ist das Abhängigkeits-Verhältnis deutlich. Und wenn der Mitarbeiter dabei noch innerlich nach oben schaut, dann ist doch klar, wer unten ist und wer oben.

Das Bild von *Befehl und Gehorsam* ist überall noch viel zu selbstverständlich. Der Mitarbeiter versteht sich selbst zu oft als Untergebener und Untertan und handelt dann entsprechend. *Für mich ist mein Kunde mein Arbeit-Geber.* Der gibt mir doch die Arbeit, wenn ich gut bin. Für den arbeite ich.«

Die Überraschung ist gelungen. Der Kunde als *Arbeit-Geber!* An dieses ungewohnte Bild müssen sich die Teilnehmer erst gewöhnen. Ein Kind wirft ein: »Ich versteh das Problem nicht. Das Wort sagt doch alles! Klingt ja ganz logisch.«

Die Managerin ergreift die Initiative: »Was meint denn unser Zukunfts-Computer dazu? TERGA-Beta, können Sie uns bitte mal mit dem Computer zeigen, was passiert, wenn wir unser neues Menschenbild auf die Mitarbeiter und auch auf die Kunden anwenden? Der Deutsche nicht nur als mündiger Bürger, sondern auch als mündiger Mitarbeiter und als mündiger Kunde. Das wäre doch richtig spannend!«

Gesagt, getan. Der Computer beginnt mit einem Wortspiel über den Ursprung des Wortes *Kunde*:
»Ein mündiger *Kunde* ist ein Mensch, der sich überall *erkundigt* hat (Internet macht's möglich).
Er ist jetzt *kundig*.
Dieser Kunde *bekundet* sein Interesse – an einem Produkt oder an einer Dienstleistung.
Wenn er mit dem Angebot einverstanden ist, gibt er *Kunde*. Er gibt einen Auftrag, eine Order (engl.: Befehl).
Wenn das Unternehmen angemessen reagiert, dann folgt eine *Urkunde*.
Und wenn nicht, ja dann kommt die *Kündigung*!«

Nach einer kurzen Pause wegen des allgemeinen Gelächters fährt der Computer fort: »Ein solcher kundiger Kunde, der sucht auch einen kompetenten, kundigen Mitarbeiter!« Auf dem Bildschirm tauchen jetzt die beiden auf. Sie verhandeln miteinander und machen das Geschäft.

Der Kunde als Ab-Nehmer

Der Kunde nimmt dankbar ab.

Er stellt demütig einen Antrag,
der gnädig gewährt oder
allwissend und allmächtig abgelehnt wird.

Doch die Zahl der Abnehmer
nimmt heute immer mehr ab.

Eins wird für alle deutlich: Die Persönlichkeit des Mitarbeiters wird zu dem erfolgskritischen Faktor. Der Mensch im Unternehmen wird immer wichtiger und immer mächtiger. Nicht nur in der Entwicklung und in der Produktion, sondern besonders im Außendienst und im Vertrieb. Denn der Kunde ist kein braver Ab-Nehmer mehr, der alles abnimmt, was die Unternehmen sich für ihn ausdenken. Die Anzahl der Abnehmer nimmt immer mehr ab!

Der Kunde wird zum wirklichen Arbeit-Geber für den Mitarbeiter. Die Arbeit kommt nicht mehr von oben, von seinem Chef. Sie kommt jetzt von der Seite, von seinem Kunden. Der Zukunfts-Computer zeigt auch, wie Mitarbeiter und Kunde miteinander umgehen: nicht von oben herab, sondern *auf gleicher Augenhöhe*, aufrecht und aufrichtig.

Die neue Führung:
Der Chef wird zum Dienst-Leister

Der Computer arbeitet weiter, und die Teilnehmer halten den Atem an.
»Tatsächlich! Das ist ja unglaublich. Die Chefs klettern aus ihren oberen Etagen, von wo aus sie auf »die da unten« hinabgesehen haben.«

Auf dem Bildschirm ist es ganz deutlich zu sehen. »Der Chef stellt sich ja *hinter* die Mitarbeiter. Nicht mehr *darüber*. Unglaublich!«
»Was ist da so ungewöhnlich? Schließlich heißt es doch: *Ich stehe voll hinter meinen Mitarbeitern. Ich halte meinen Mitarbeitern den Rücken frei.* Genau das geschieht doch hier!«

Der Boss ist nicht mehr der Vor-Gesetzte, der vorgesetzt wird und dann vorsitzt – auf erhobenem Podest. Nein, er steht mit ihnen auf gleicher Ebene! Der Chef wird zum Dienst-Leister und die Mitarbeiter zu »Kunden« ihres Chefs. Eine echte Revolution!

Ein Erwachsener ist ganz begeistert: »Das ist doch nur konsequent, wenn wir unser Zukunftsbild des mündigen Mitarbeiters und des Wissensträgers ernst meinen!«

Chef-Sein als Dienstleistung. Eine Utopie? Eine verrückte Idee? Oder ist das nur die logische Folge, wenn die Menschen innerhalb des Unternehmens »auf gleicher Augenhöhe« agieren. Wenn oben und unten ersetzt werden durch rechts und links.

Der Computer zeigt wieder neue Bilder: Die oberen Stockwerke der Unternehmens-Pyramiden leeren sich. Die Zentralbereiche steigen sozusagen »von ihrem hohen Ross« herunter – mitten ins Geschäft. Auch sie sind jetzt Dienst-Leister: für ihre Unternehmensbereiche. Auf dem Bildschirm wird es richtig lebendig. Einige Konzernstäbe suchen zwar immer noch ihre internen Kunden, aber die Zeiten des Hofstaats sind jetzt endgültig vorbei.

Langsam lichtet sich das Chaos. Alles hat eine neue, lebendige Ordnung. Das Unternehmen ist zu einem Marktplatz geworden, auf dem alle ihre Kunden haben, externe und interne. Hier läuft nichts mehr mit Befehl und Gehorsam, sondern mit Leistung und Gegenleistung. Ein tolles Bild! Auf dem Markt ist es wie im richtigen Leben. Handel und Wandel bestimmen die Szene. Und oben blickt man in die leeren Ställe der Pyramide.

Die Mitarbeiter üben noch an dem ungewohnten aufrechten Gang. Sie müssen jetzt nicht mehr die ganze Last der Chefs und Bürokraten auf ihrem Rücken tragen. Ohne all die Besserwisser, Erbsenzähler, Kontrolleure und Kommandeure können sie sich richtig aufrichten. Sie sind jetzt Unternehmer im Unternehmen. Sie sind keine Unter-Gebenen mehr. Sie dürfen und können jetzt etwas unternehmen. Aber sie müssen es auch!

Das ist für einige noch etwas ungewohnt, denn auf dem Marktplatz ist alles transparent. Auch wenn sich mancher in seiner Ecke vor der Arbeit und vor der Verantwortung drücken will.

Solche Fälle werden immer seltener. Weil die Mitarbeiter ihre Lust auf Leistung und ihre »Nach-17.00-Uhr-Fähigkeiten« schon vor 17.00 Uhr einsetzen dürfen. Dieses riesige ungenutzte Potential wird jetzt freigesetzt: für die Kunden, für das Unternehmen und auch für die Mitarbeiter.

Ihren Stolz auf ihre Fähigkeiten, ihren Spaß am Erfolg und ihre Lust auf Leistung, das alles dürfen sie schon während der Arbeitszeit genießen. Arbeit muss nicht Strafe sein. Arbeit kann Freude machen, wenn man selbst entscheiden darf. Und wenn Arbeit nicht als stumpfsinnige Routine organisiert ist.

Man kann das richtig an ihren freudigen Gesichtern sehen. Viele lächeln sogar, wenn sie ihre Kunden bedienen. Sie haben schnell gelernt: Lächeln ist wie ein Bumerang. Es kommt zurück.

Ein gigantischer Schub von Energie und Wirtschaftlichkeit, Wachstum und Innovation erschüttert die Unternehmen in Deutschland. Ein richtiger Ruck geht durch die ganze Republik! Der aufrechte Gang, die volle Verantwortung für das eigene Tun ist anfänglich für einige sichtlich ungewohnt und auch etwas lästig. Manche suchen ihre alten Schlupflöcher. Aber die sind weg. »Es war doch so bequem, unmündig zu sein«, lacht ein Teilnehmer.

»Hier bin ich Mensch. Hier darf ich's sein«, freut sich ein anderer – frei nach Goethe. Seine Augen beginnen richtig zu leuchten. »Deutschland ist also doch das Land der Unternehmer«, kommentiert das Team aus Frankfurt per Internet.

»Ich bezahle meinen Chef!«

Der Computer gibt aber noch keine Ruhe. Er geht auf Zoom und beobachtet, wer in diesem neuen System eigentlich wen bezahlt.

Deutlich ist das Kernstück der Geschäftsprozesse zu erkennen: Der Mitarbeiter erbringt Leistung für seine Kunden. Entweder überreicht er ein Produkt, das sein Kunde mit Besitzerstolz betrachtet. Oder er erfreut seinen Kunden mit seinen Dienstleistungen. Egal, ob er berät, behandelt, trainiert oder frisiert – der Kunde fühlt sich danach besser und ist hoffentlich begeistert. Aus dieser Begeisterung heraus honoriert sein Kunde die tolle Leistung: Er kommt wieder. Er macht Reklame. Und er bezahlt gerne seinen Kunden-Betreuer und seinen Dienst-Leister.

Die Jugendlichen sind begeistert:
»Da fließt ja richtig Geld. Ich sehe es ganz deutlich.«
»Es fließt sogar viel Geld. Das ist ja unglaublich!«
Ein Erwachsener kommentiert:
»Der ganze Umsatz des Unternehmens scheint durch die Hände der Kundenberater in das Unternehmen zu kommen.«

»Der Computer ist wirklich toll! Früher war das nie so deutlich. Da dachte ich immer, das Rechnungswesen sei das Kernstück des Unternehmens. Aber die wickeln doch nur das ab, was zwischen Kunde und Berater geschieht.«

Das Bild läuft weiter. Der Mitarbeiter bedankt sich für das Geld und behält seinen Anteil (man nennt es auch »sein Gehalt«). Gespannt warten die Teilnehmer, was er wohl mit dem Rest macht. Das Rätsel löst sich schnell. Von dem Rest bezahlt er seine internen Dienst-Leister: die Produktion für die Produkte, das Rechnungswesen für die Abwicklung, die Zentralbereiche für ihre Unterstützung und natürlich auch seinen Chef – für dessen Dienst-Leistung, für seine *Führungs-Leistung*.

Die Reaktionen der Teams schwanken zwischen Entsetzen und Belustigung, Nachdenklichkeit und Erstaunen. Ein junger Mann springt auf: »Ich bezahle meinen Chef! Ich bezahle wirklich meinen Chef!« Er ist ganz aus dem Häuschen.

Da kommt schon der Widerstand: »So ein Blödsinn!«
»Nein! Das ist schon OK. Eigentlich ist es ja so im Unternehmen. In Wirklichkeit bezahlt mich mein Kunde und ich meinen Chef!«
»Ja, aber man sieht das nicht so deutlich!«
»Ruhe! Ruhe!« »Schaut doch noch mal hin!«
Jetzt sehen es alle ganz deutlich. Der Mitarbeiter holt sich auch noch sein Lob vom Kunden. Er fragt ihn: »War es gut so? Konnte ich ihre Erwartungen erfüllen?« Und er freut sich sichtlich über das Lob des Kunden.

Da meldet sich wieder der 32-jährige: »Das geht völlig in Ordnung! Ich mach es bei der Arbeit genau so. Ich bin doch nicht blöd und hol mir mein Lob vom Chef, wie ein Hund der treu zu Herrchen aufblickt. Ich bettle doch nicht »Streichle mich mal!« Ich hol mir mein Lob direkt vom Kunden. Allerdings lobe ich auch manchmal meinen Chef – wenn der seinen Job besonders gut gemacht hat.«

»Verkehrte Welt!« ruft ein Teilnehmer wütend. »Diesen Schwachsinn mache ich nicht länger mit! Ihr seit doch alle verrückt. Ihr wollt die Welt auf den Kopf stellen. Ohne mich!«
Schimpfend verlässt er den Raum. Verwirrte Gesichter. Die Stimmung ist etwas bedrückt. Zweifel kommen hoch.

Da ergreift eine junge Anwältin das Wort: »Ich glaube, der Computer hat Recht. Wir sind eine renommierte Anwaltskanzlei mit einem Gründer, sechs jungen Anwälten und drei Assistenten. Bei uns läuft das mit dem Marktplatz und der Bezahlung schon so, wie es der Computer zeigt. Wir Anwälte erbringen die Beratungs-Leistung und bearbeiten die Fälle. Dafür bekomme ich dreißig Prozent des Kunden-Honorars. Fünfzig Prozent brauchen wir für die Sachkosten, Steuern und die Assistenz als interne Dienst-Leistung. Und die restlichen zwanzig Prozent bekommt der Gründer für seine Leistungen.«
»Was tut der für sein Geld?« Diese Frage interessiert das ganze Team.
»Sein Job ist Unternehmens-Führung und seine **Führungs-Leistungen** sind im wesentlichen:

- Akquisition und Beziehungsmanagement zu den Kunden,

- PR, Öffentlichkeits-Arbeit zur Profilierung der Kanzlei,

- Coaching der Mitarbeiter,

- Einstellen der richtigen Leute und

- Entscheidung der Strategie und der Zukunfts-Investitionen.

Wir sind eine sogenannte »Know-how Company«. Wir verdienen nur mit dem Wissen unserer Leute unser Geld. Vielleicht passt deshalb das neue Modell so gut auf uns.«

»Ich bin das Vermögen!«

Da meldet sich aus dem Team in Stuttgart eine Dame, die im Personalbereich bei Porsche tätig ist. »Auch Porsche versteht sich als »Know-how Company«. Das Know-how ist das »Gewusst wie«, das in den Köpfen unserer Mitarbeiter steckt. »Gewusst wie« man einen Motor zusammenbaut, ein tolles Auto konstruiert oder den Porsche-Sound erzeugt. Dieses »Gewusst wie«, das ist unser wichtigstes Kapital. Nicht nur in der Entwicklung, sondern auch in der Produktion.

Wir wollen nicht nur die Hand eines Menschen, sondern auch seinen Verstand. Deshalb beschäftigen wir Kürschnermeister für die beste Lederausstattung und lassen einen Motor komplett von einem Mitarbeiter alleine bauen.

Wir legen sehr viel Wert darauf, dass sich das Wissen, das »Gewußt wie«, unserer Mitarbeiter ständig erweitert. Nur so schaffen wir es, dass die Menschen bei Porsche ihr teures Gehalt in Zuffenhausen und Leipzig wert sind und auch wert bleiben. Deshalb verzichten wir bewusst auf starke Arbeitszerlegung. Denn die würde das Wissen unserer Menschen nicht erweitern, sondern reduzieren. Die Chefs verstehen sich bei uns als Personal-Entwickler, als Vermögens-Berater, die dafür sorgen, dass unser Vermögen bei Porsche wächst.«

Das Vermögen eines Unternehmens

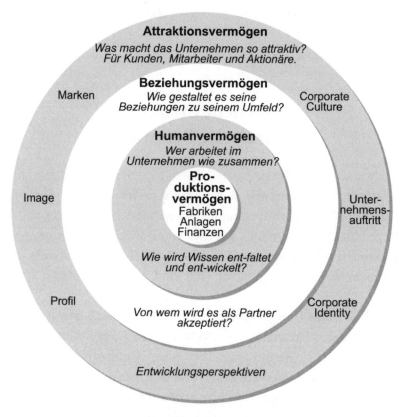

Das Vermögen ist das, was die Menschen vermögen.

Im Chat Room finden sich schnell weitere positive Beispiele bei Engineering-Unternehmen, Finanz-Dienstleistern und Beratungshäusern. In all diesen Unternehmen sind die Menschen nicht nur Kosten, sondern sie sind das eigentliche Vermögen, das Leistungs-Vermögen. Ein Leitspruch verbindet all diese Unternehmen: *Das was unsere Menschen vermögen, das ist unser Vermögen!*

Die Gruppe fasst jetzt richtig Mut.

Die neue Struktur: Netze statt Pyramiden

Während der Mittagspause läuft die Synchronisation aller hundert Arbeitsgruppen zum Thema *»Arbeitswelt«* über den Zukunfts-Computer. Gespannt erwarten die Teams in der ganzen Republik die Ergebnisse. Wie bei einer Wahlprognose wird das Zukunftsbild immer stabiler und deutlicher. Nun macht sich langsam die Gewissheit breit: »Wir sind auf dem richtigen Weg!«

Das Bild eines Unternehmens hat sich dramatisch gewandelt: Es ist jetzt keine Pyramide mehr. (Die oberen Etagen hatten sich ja auch geleert.) Wenn man die neue Unternehmens-Struktur erkennen will, muss man seinen Standort verändern. Schaut man gleichsam aus einem Helikopter von oben auf das Unternehmen, dann entdeckt man ganz deutlich diesen »Unternehmens-Marktplatz«, mit all seinem Gewusel. Jetzt erkennt man auch die neue Struktur ganz klar: *Netze statt Pyramiden!*

Es sieht aus wie ein Spinnen-Netz mit vielen Menschenknäueln. Diese Knäuel, das sind die Vertriebs-Niederlassungen, die Werke und die Zentral-Bereiche. Die sind im Zentrum (wie der Name

Das »lebendige« Unternehmen

Der Chef mit Weitblick
ist die »Seele« des Unternehmens.

Die Informatik ist das Nervensystem
im »Organismus« Unternehmen.

schon sagt) und leisten für alle ihre Dienste. Zentral heißt jetzt nicht mehr »oben drüber«, sondern »mitten drin«.

»Flache Hierarchie« ist hier ernst genommen. Alles ist ganz flach! Alle im Unternehmen agieren »auf gleicher Augenhöhe«. Zwischen allen bestehen Kunden-Lieferanten-Beziehungen. Peter Hartz, der Personalvorstand von VW, nennt das:

> *Jeder Arbeitsplatz hat ein Gesicht.*
> *Jeder Arbeitsplatz hat seine Kunden.*

Die Organisations-Struktur besteht nicht mehr aus »Unterstellungs-Verhältnissen«, sondern aus »Leistungs-Beziehungen«. Das Ganze sieht aus wie ein lebendiger Organismus mit seinen verschiedenen Organen. Das Nervensystem, das alles verbindet, das sind die IT-Netze, die Kommunikations-Systeme. Die sorgen dafür, dass alle mit allen in Verbindung bleiben.

Das Ganze ist sehr lebendig. Die Natur ist auch hier ein guter Lehrmeister. Ein Unternehmen zu organisieren heißt jetzt, alles zu einem lebensfähigen Ganzen zusammenzufügen. Nicht umsonst leitet sich der Begriff »Organisation« von dem Wort «Organismus« ab! Sofort sind natürlich die Kritiker auf dem Plan: »Wollt Ihr wirklich ohne Hierarchie organisieren?! Das klappt doch nie. Das wird blanke Anarchie!« »Hierarchie gibt es doch schon solange Menschen auf der Erde sind.«

Da meldet sich ein Biologe: »Keiner will hier die Hierarchie abschaffen. In einem Organismus gibt es auch Hierarchien. Es gibt sogar »Hierarchie-Ebenen«: Die Zelle, das Organ und den ganzen Organismus. Drei Hierarchie-Ebenen. Diese »Ebenen« schaffen Identität und Zusammenhalt, sie blockieren aber nicht den Informationsfluss.«

Langsam setzt sich die Erkenntnis durch: Hierarchie ist nicht out. Hierarchie gibt es auch in den Netzen. Hierarchie ist notwendig zur Organisation sozialer Gruppen, aber nicht als acht-stufige Titel-Hierarchie, sondern als drei-stufige Dienstleistungs-Hierarchie. *Führen als Dienstleistung.* Dies ist das Geheimnis des neuen Modells!

Die neue Karriere:
Grips statt großer Schreibtisch

Aus der Gruppe in Hamburg kommt eine ganz wichtige Warnung: »Hierarchie darf in Zukunft aber nicht mehr als Abbild für Karriere gebraucht werden. Diesen Fehler sollten wir in der neuen Arbeitswelt vermeiden! In Zukunft bestimmt nicht der Titel und der Rang das Gehalt, wie einst beim Adel.

In dem neuen Modell zählt das Vermögen des Menschen, seine Kompetenz. Wer viel und vielen dient, der verdient es auch, viel zu verdienen. Bei wem viele Fäden zusammenlaufen, formale oder informelle Fäden, der ist wohl wichtig.
Wer viel Wirkung bei seinen Kunden und Kollegen erzielt, der oder die ist viel wert. Tolle Experten und tolle Führungskräfte müssen deshalb gleichwertig sein.«

Jetzt prallen die Meinungen aufeinander. Schließlich betrifft dieses Thema jeden. Die einen vermissen die objektive Messbarkeit. Die anderen vertreten die Meinung, dass man Menschen nicht wie eine Maschine nach ihrer Drehzahl bewerten kann.

Ein Personal-Leiter wagt sich vor: »Diese sogenannte Objektivität der heutigen Tarif-Systeme ist doch nur eine Schein-Objektivität. Und sie versagt völlig, wenn komplexe Leistungen bezahlt werden sollen. Dann kommt man nicht um die subjektive Bewertung durch qualifizierte Führungskräfte herum.«

Sofort wird Kritik laut: »Dann wird doch nach dem Naseprinzip bezahlt! Der Willkür sind dann Tür und Tor geöffnet und die Mitarbeiter sind ihren Chefs völlig schutzlos ausgeliefert. Wir wollen doch gerade von der Leibeigenschaft weg!«

Der Personaler verteidigt sein Konzept: »Eine Führungskraft darf natürlich nicht alleine das Gehalt festlegen. Das müssen die vier oder fünf Chefs einer größeren Einheit mit zusammen etwa einhundert Mitarbeitern, gemeinsam machen. Unseren Mitarbeitern empfehlen wir zusätzlich, sich über ihr Gehalt auszutauschen. Die entsprechende Verbotsklausel in den Mitarbeiterverträgen wurde bei uns natürlich gelöscht. Wenn die Chefs das wissen, dann sind sie auch vorsichtig mit ihren Entscheidungen. Multi-Subjektivität und Transparenz: das sind die Eckpfeiler einer möglichst gerechten Gehaltsfindung bei komplexen Leistungen und qualifizierten Menschen.«

Ein 16-jähriges Mädchen unterstützt ihn: »Im Sport ist das doch ähnlich. Wenn es nur auf die Geschwindigkeit ankommt, wie beim 100-m-Lauf, dann kann man objektiv messen. Wenn aber die Bewertung mehrdimensionaler und komplexer wird, wie beim Eiskunstlauf, Turmspringen oder Dressur-Reiten, dann wird subjektiv bewertet. Allerdings nie von einem alleine. Multi-Subjektivität und Transparenz geben auch hier der Bewertung erst die notwendige Gerechtigkeit.«

Ein Wissenschaftler aus München verteidigt die beiden gegen die Angriffe einiger Hartgesottener: »Wir haben kürzlich ein geheimes Gutachten für die Tarifparteien erstellt. In diesem wird wissenschaftlich nachgewiesen, dass von einem qualifizierten Menschen, der komplexe Tätigkeiten verrichtet oder Dienste am Kunden leistet, nur vier Größen ganz objektiv gemessen werden können:

* *Die Länge des Menschen.*
* *Das Gewicht des Menschen.*
* *Das Alter des Menschen.*
* *Die Anwesenheit des Menschen in einem Raum.*

Es gibt noch einen Gelehrtenstreit, ob Lautstärke, Sprechgeschwindigkeit und die Geschwindigkeit, mit der Akten umgeblättert werden, auch dazu gehören.«

TERGA-Beta kommentiert die neue Arbeitswelt: »Der Wert eines intelligenten Menschen und eines Know-how-Trägers hängt nicht mehr an einer fiktiven Stelle, wie früher beim Fließband. Auch nicht am hierarchischen Titel und an der Anzahl der »Leibeigenen«, wie früher beim Adel. In Zukunft kann man den Wert eines intelligenten Menschen nicht mehr in einer Stellenbeschreibung ablesen, sondern an dem Netzbild des Unternehmens, wenn das so richtig in Aktion ist. Dann kann man sehr gut sehen, wo es sich – bildlich gesprochen – klumpt. Dort steckt ein Know-how-Träger mit großem Vermögen, mit hoher Fach- und besonders hoher Sozial-Kompetenz. Der oder die sind gefragt. Und die müssen auch viel Geld bekommen, unabhängig von ihrer hierarchischen Position!«

»*In Zukunft bezahlen wir also die Person und nicht die Stelle,* wenn ich das richtig verstanden habe.«

»Wie bei uns auf TERGA. Wir haben damals das Tarif-Kartell zerschlagen. Ich glaube, wenn bei Ihnen in Deutschland die Menschen so intelligent und selbständig sind, sich selbst ein Auto zu kaufen, ein Haus zu bauen und sogar eine Familie zu gründen, dann sollten die doch auch Manns und Frau genug sein, ihr eigenes Gehalt zu verhandeln.«

Betretenes Schweigen. »Eigentlich hat er ja recht. Diese Tarif-Systematik entmündigt nun wirklich alle. Nicht nur die Mitarbeiter, sondern auch die Manager und die Personalchefs! Und besonders die können sich dann noch elegant rausreden: Ich hätte Ihnen ja gerne mehr gegeben. Aber das Tarifsystem gibt nicht mehr her. »Der Dumme ist immer der Mitarbeiter!« »Und besonders die Mitarbeiterin!«, kommentiert eine junge Frau.

Ein Manager ergänzt: »Ich sehe in diesem Modell noch einen riesigen wirtschaftlichen Vorteil. In dem heutigen Tarifsystem müssen Menschen »unproduktiv« gemacht werden, damit sie mehr Geld bekommen können.

Die Folge ist der kollektive Schwachsinn, dass gute Fachleute zu schlechten Chefs gemacht werden, nur weil das Tarifsystem für produktive Arbeit nicht so viel Geld und keine Status-Symbole vorsieht. So verliert das Unternehmen tolle Experten und erzeugt möglicherweise ungeeignete Chefs und unproduktive Mitarbeiter.«

»Ist Ihnen das passiert?«, fragte ein 10-jähriges Mädchen neugierig.
»Ja. Das System ist nicht nur unmenschlich. Es ist auch unwirtschaftlich!«

Karriere als Laufbahn

Karriere (franz.) heißt
»schnellste Gangart des Pferdes« (Duden).

Kein Wunder, dass dabei
• viel Staub aufgewirbelt wird
• viel Lärm gemacht wird
• viel niedergetrampelt wird.

Das Mädchen denkt kurz nach: »Wenn sich das ändern würde, das wäre auch für meinen Vater gut. Er müsste dann nicht mehr seinem Chef in den Hintern kriechen. Nur, um später mal seinen Stuhl zu kriegen.«

Ein Student meldet sich: »Das ist ja auch alles OK. Aber noch eine Frage. Wenn wir einen solchen Weg einschlagen, woran erkenne ich dann, dass ich Karriere gemacht habe?«

TERGA-Alpha antwortet: »*Sie haben dann Karriere gemacht:*

- *Wenn man sie fragt.*

- *Wenn man ihren Rat holt.*

- *Wenn man Ihnen Informationen gibt.*

- *Wenn man Ihnen viel traut und viel zutraut.*

Kurz, wenn Sie gefragt sind – bei ihren Kunden und Ihren Kollegen.«

6.

DIE
BEFREIUNG
DEUTSCHLANDS

Wenn du einen Menschen ernähren willst,
gib ihm keinen Fisch,
sondern lehre ihn das Angeln.
(China)

Die Katastrophe

Gegen 18.00 Uhr kommen alle Workshops langsam zum Ende. In den sieben Themen-Teams sind die Ergebnisse während des gesamten Prozesses immer wieder konsolidiert und abgestimmt worden. Außerdem haben die drei TERGA-Leute dafür gesorgt, dass auf ihrem Visions-Computer die Ergebnisse zwischen den Themen immer wieder synchronisiert wurden. So ist sichergestellt, dass alles zusammen passt, wie in einem großen Puzzle. Das Gesamtbild wird jetzt von einem Kern-Team in Berlin mit TERGA-Unterstützung aufbereitet, damit es um 21.00 Uhr präsentiert und überreicht werden kann.

Der große Augenblick ist gekommen. Die Ergebnisse dieser gigantischen Zukunfts-Werkstatt werden am Abend des zweiten Tages einer kleinen Gruppe von führenden Politikern vorgestellt. Das Ganze wird vom Fernsehen live übertragen. Im Berliner Kongress-Zentrum haben tausend Teilnehmer der Konferenzen Platz genommen. Alle, die es bis 21.00 Uhr geschafft haben, aus ganz Deutschland nach Berlin zu kommen. In den anderen hundert Konferenz-Räumen warten die Teilnehmer gespannt auf die Live-Übertragung.

Der Bundespräsident hat klugerweise mehrere wichtige Personen eingeladen, diesem Ereignis beizuwohnen. Unter anderem den Bundeskanzler, den Bundestags-Präsidenten, den Bundesrats-Präsidenten, die Partei- und Fraktions-Vorsitzenden, die Gewerkschafts- und Industrie-Bosse sowie die Präsidenten des Deutschen Städtetages und des Deutschen Industrie- und Handelskammertags. Sogar viele Fernsehsender aus aller Welt berichten direkt aus dem Saal, als der Präsident das Wort ergreift und auf die historische Stunde verweist.

Dann endlich die Präsentation. Die drei Besucher von TERGA moderieren die Vorstellung. Der Zukunfts-Computer spielt dabei eine Hauptrolle. Der Wortführer, TERGA-Alpha, schaltet den Computer ein.

Die Riesen-Leinwand leuchtet auf und zeigt die typischen deutschen Familien in ihrer »tragenden« Rolle. Ein Schreck geht durch den ganzen Saal. Das Gemurmel wird immer lauter. Blankes Entsetzen steht in den Gesichtern. Die ersten Pfiffe werden laut.
TERGA-Alpha ruft seinen Kollegen zu: »Was soll denn das! Da ist was falsch!«

Alle starren gebannt auf die Leinwand, auf der sich Dramatisches zeigt:

Die Ehepaare, die wir schon in Berlin durch die Belastungsbrille gesehen haben, können gar nicht mehr unter ihrer Last gehen. Nein, sie kriechen stöhnend auf allen Vieren. Überall dasselbe Bild. Ein fürchterlicher Anblick! Jedes Paar trägt jetzt zwei Rentner, einen eigenen Bürokraten, einen Funktionär und einen Arbeitslosen. Die Bürokraten und Funktionäre sind durch mangelnde Bewegung richtig fett geworden. Kinder sind gar nicht mehr zu sehen!

Der Computer-Spezialist, TERGA-Gamma, versucht das Ganze in den Griff zu bekommen, da beginnt die blecherne Computer-Stimme mit den Kommentaren:

»Deutschland ist ein sterbendes Volk!

Die Menschen können sich keine Kinder mehr leisten.

Die Städte sind entvölkert. Selbst ganzseitige Werbeanzeigen in Istanbul und Moskau »Kinderreiche Familien gesucht« zeigen keine Wirkung. Keiner will nach Deutschland!

Die meisten Schulen sind geschlossen und die Lehrer entlassen.

Die Arbeitslosenzahl hat die 10-Millionengrenze überschritten.

Der Staat hat die Beamtenpensionen gestrichen und die Beamten-Gehälter auf die Hälfte gesenkt.

Die Rentner bekommen keine Rente mehr und dürfen nicht mehr ins Krankenhaus.

In den leeren Städten steigt die Kriminalität.

Deutschland ist nicht mehr attraktiv! Sogar die Asylanten meiden Deutschland.

Was fliehen kann, das flieht: Geld, Unternehmen, Wissenschaftler, Experten und Unternehmer.

Deutschland kann seine Schulden beim IWF nicht mehr bezahlen. Der IWF stellt seine Unterstützung ein.

Die deutschen Staatsanleihen ...«

Endlich stoppt der Computer, der Bildschirm flackert. Das Bild verschwindet. Nach etwa sechzig Sekunden ist der Spuk endlich vorbei. Ganz Deutschland und die Welt halten den Atem an. »Was war das?« ruft der Bundes-Präsident.

Die TERGA-Besucher entschuldigen sich wortreich: »Wir haben einen Eingabefehler gemacht. Das waren die Bilder aus dem Jahre 2020. Wenn Sie in Deutschland weiter mit Ihren kleinen Korrekturen arbeiten. Das Bild ohne jede Änderung wollen wir Ihnen gar nicht erst zeigen!«

Die virtuelle Revolution beginnt

Der Schock sitzt tief. Atemlose Stille als TERGA-Alpha mit der Präsentation der Ergebnisse beginnt: »Sehr geehrter Herr Präsident. Sie haben uns allen eine äußerst schwere Aufgabe übertragen.«

Er zeigte in die Runde der Zuschauer. »Wir alle haben nach bestem Wissen und Können gearbeitet. Für die Teilnehmer gehören diese zwei Tage zu den wichtigsten ihres Lebens. Die Ergebnisse sind ermutigend. Sie können stolz sein, auf Ihr Land, auf Ihr Volk und auf Ihre einzigartigen Menschen. Hiermit überreichen wir Ihnen den Vorschlag der Zukunfts-Konferenz.«

Feierlich schreitet er zum Bundespräsidenten und überreicht ihm ein wertvoll gebundenes Buch und eine Kassette mit CDs. Beifall erfüllt den Saal.
»Auf den CDs finden Sie die Mitschnitte der gesamten zwei Tage. Und nun zeigen Ihnen die Arbeitsgruppen die wesentlichen Ergebnisse. Unser Vorschlag gliedert sich in drei Abschnitte:

1. Das »Zehn-Prozent-Modell« für Deutschland.

2. Das Menschenbild in Deutschland und
die neue Rolle des Staates.

3. Unsere Zukunfts-Modelle für Unternehmen und den Staat.

TERGA-Alpha tritt zur Seite und übergibt das Mikrofon an eine junge Frau.

»Sehr geehrter Herr Präsident, sehr geehrter Herr Kanzler, wir nehmen wahr und erkennen ausdrücklich an, dass Sie die Lage der deutschen Nation richtig einschätzen und dass Sie wirklich etwas bewegen wollen. Ihre Zielrichtung stimmt mit der unserer Zukunfts-Werkstatt überein. Wir sehen allerdings, dass Sie mit Macht ausgebremst werden: durch Ihre Bürokraten und die Funktionäre der Verbände. Uns erinnert das stark an die historische Situation der russischen Zarin Katharina der Großen, die in ihrem Reich die Leibeigenschaft als unmenschlich abschaffen wollte. Sie scheiterte aber an ihren Fürsten und Adeligen, die um ihre Pfründe fürchteten. Ihnen kann es diesmal gelingen, denn unsere Bürger sind keine ungelernten Bauern mehr.

Die Zeit ist reif für den großen Wurf. Es ist falsch, an den Symptomen rumzulaborieren: Hier die Renten etwas kürzen, da die Sozialhilfe einschränken und dort das Arbeitslosengeld. Mit diesen kleinen Korrekturen schaffen sie für die arbeitende Bevölkerung keine spürbaren Entlastungen oder Erleichterungen. So erzeugen Sie nur Verlierer und viele, viele Gegner.

Alle diese kleinen Änderungen am System wirken wie Einschnitte und Nadelstiche in einem Körper. Sie verursachen beim

»Patienten« Schmerzen, Angst, Wut und Widerstand. Sie beseitigen aber nicht das Problem: den Krebs, den Wundbrand oder den entzündeten Blinddarm. Die Probleme bleiben, wachsen und brechen immer wieder neu auf. Bis es dann zu spät ist.

Die letzten Bastionen des Widerstands werden zur Zeit von der Presse »reifgeschossen«. Unisono kämpfen renommierte Zeitungen und Magazine gegen Beton-Köpfe und Bremser, die sich den Wellen des Wandels entgegen stemmen:

Die FAZ macht das »Tarif-Kartell« der Arbeitgeberverbände und Gewerkschaften für Millionen von Arbeitslosen verantwortlich.
Der FOCUS übersetzt das Kürzel DGB mit »Deutschlands größte Blockierer«.
Die Süddeutsche Zeitung fordert »Freie Bürger und weniger Staat« und der STERN jubiliert »Die Gewerkschaft verliert. Das Land gewinnt«.
Der SPIEGEL bringt als Titel-Stories: »Die Beamten fressen den Staat« und »Die blockierte Republik. Wie Parteien, Verbände und Bürokratie die Gesellschaft lähmen«.
Und die ZEIT bezeichnet die Kassenärztliche Vereinigung als »Inkasso-Club für weiße Halbgötter«.
Abblocken und Abzocken. Das muss jetzt ein Ende haben!

Nur wenn wir unseren (Sozial-)Staat kräftig umbauen, können wir den guten Kern erhalten. Lieber einen großen Schock – aber nur einmal. Danach entdecken die Menschen neue Perspektiven und sogar das Positive an dem Neuen. Wenn nach dem Schock dann Ruhe eintritt, können Vertrauen und Zuversicht wieder wachsen. Die Deutschen haben ein passendes Sprichwort für diese Situation:

»Besser ein Ende mit Schrecken als ein Schrecken ohne Ende.«

Deshalb wollen wir mit unserem *»Zehn-Prozent-Modell«* nicht mehr an den Symptomen kurieren, sondern an die Wurzeln des Übels gehen. Das Kernstück ist der *»Zehn-Prozent-Staat«*, der seine Aktivitäten nicht *um* zehn Prozent reduziert, sondern *auf* zehn Prozent!«

Hier macht sie eine Pause, damit der Satz richtig wirken kann. Die staatlichen Würdenträger sind entsetzt. Aufgeregt reden sie durcheinander.
»Meine Damen und Herren, behalten Sie bitte Ruhe, es geht hier nicht um Sie. Es geht jetzt um Deutschland! Zehn Prozent Bürokratie sind genug und zehn Prozent Steuern. Schließlich zahlt man seit über tausend Jahren den **Zehnten** an die Obrigkeit, aber nicht die *Hälfte* oder sogar *Zweidrittel*.« Tosender Applaus.

Die Sprecherin fährt fort: »Und nun die acht Punkte unseres *»Zehn-Prozent-Modells«* im Einzelnen:

1. **Der Staat zieht sich auf sein Kerngeschäft (hoheitliche Leistungen) zurück. Nur noch zehn Prozent der heutigen Aufgaben werden vom Staat übernommen.**

2. **Der Steuersatz wird von durchschnittlich dreißig Prozent auf zehn Prozent gesenkt.**

3. **Die Sozialabgaben werden von heute vierzig Prozent auf zehn Prozent reduziert.**

4. **Die Konsumsteuer (Mehrwertsteuer) wird auf zehn Prozent gesenkt.**

5. Die gesetzlichen Krankenkassen beschränken ihre Leistungen auf zehn Prozent der heutigen Fälle (nur noch »Groß-Schäden«).

6. Das Sozial-System geht davon aus, dass nur zehn Prozent der deutschen Bürger bedürftig sind und deshalb Sozial- oder Renten-Leistungen vom Staat bekommen müssen.

7. Die Staatsquote wird von ca. fünfzig Prozent auf zehn Prozent zurückgeführt.

8. Die Anzahl der bestehenden Gesetze, Verordnungen und Richtlinien wird auf zehn Prozent zurückgenommen.

Mit diesem Befreiungs-Schlag wollen wir die Menschen von der Last der Bürokratie und der Abgaben befreien. Das Ergebnis:

**DAS NETTOGEHALT DER ARBEITNEHMER
SOLL SICH VERDOPPELN!**

Verdopplung des Netto-Einkommens

Gegenüberstellung der Gehalts- und Abgaben-Struktur für einen ledigen Arbeitnehmer mit € 3.000,- Bruttogehalt

Gesamt-Lohnkosten

Gesamt-Lohnkosten = Neues Brutto-Gehalt

Sozial-Abgaben
- RV 20%
- ALV 7%
- KV 15%
- PV 2%

Sozial-Abgaben (Arbeitgeber) (22%)

= 122% des Brutto-Gehalts

Arbeitgeber

Sozial-Abgaben (Arbeitnehmer) (22%)

Lohnsteuer (30%)

Brutto-Gehalt (100%)

Kirchenst. (3%)

Soli.zuschl. (1,2%)

Netto-Gehalt (< 48%)

Arbeitnehmer

Sozial-Abgaben 10%

Lohnsteuer 10%

Kirchenst. 3%

Neues Netto-Gehalt (99%)

Arbeitnehmer

Das Netto-Gehalt beträgt ca. 48% vom Brutto-Gehalt.

Der Arbeitnehmer bekommt von seinen Gesamtlohnkosten nur ca. 40%.

Das neue Netto-Gehalt ist mehr als doppelt so hoch wie das alte Netto-Gehalt.

Die Gesamt-Lohnkosten bleiben gleich.

Stand: April 2003

Das Ende des Umverteilungs-Apparats

»Der Staat hat nach unserem Verständnis die Aufgabe, das *Selbst-Erhaltungs-Recht* seiner Bürger zu schützen. Heute konzentriert er sich zu sehr darauf, das *Fremd-Erhaltungs-Recht* zu sichern. Damit erreicht er bei seinen Bürgern die völlig verrückte Vorstellung: »*Fremde müssen mich erhalten, wenn ich in Schwierigkeiten komme.*« Wir sind der Meinung, dass es falsch ist, wenn der Staat für alles und für alle sorgen will. Er muss nicht erst alle aussaugen, um das Geld wieder an alle zu verteilen. Diese gigantischen Umverteilungs-Systeme sind unmenschlich und unsozial. Sie entmündigen. Sie machen faul und unzufrieden. Und sie verschlingen Hunderte von Milliarden.«

Ein Jugendlicher unterstützt die Sprecherin und appelliert eindringlich:

> *»Ein Staat der so sozial ist,*
> *dir alles zu geben,*
> *was du willst,*
> *dieser Staat ist auch so unsozial,*
> *dir alles zu nehmen,*
> *was du hast:*
> *Dein Geld und deine Selbst-Achtung,*
> *deinen Stolz und dein Selbst-Vertrauen,*
> *deine Zukunfts-Freude und besonders dein Glück.*

Wenn der Staat dir verspricht, dass fremde Menschen für dich sorgen werden, wenn du alt bist oder krank, dann muss dieser Staat diese fremden Menschen zwingen, dich zu versorgen. Mit dieser Zwangs-Solidarität erzeugt der Staat nur Verlierer: Du hörst auf, dir Gedanken zu machen, wie du dich selbst versorgen kannst. Und die Fremden machen sich viele Gedanken, wie sie dem Zwang entgehen können.

Die einzigen Gewinner in diesem System sind die Funktionäre und die Sach-Bearbeiter, die dich als Sache bearbeiten. Du als Mensch wirst zum anonymen Vorgang. Was gut und sozial gedacht war, wird schlecht und unsozial. Genau das ist uns in Deutschland passiert. Der Buchautor Paul Watzlawick nennt das zutreffend: »Vom Schlechten das Gute« und Wilhelm Busch kleidet es in einen Vers:

>> *Ein jeder Wunsch, wenn er erfüllt,*
kriegt augenblicklich Junge«.

Jetzt wollen wir einen menschlichen und sozialen Staat. Der soll Rahmenbedingungen schaffen, dass sich jeder selbst erhalten kann und auch für die Seinen sorgen.
Er wird die Menschen als freie, mündige Bürger betrachten, die sich ihrer Rechte aber auch ihrer Pflichten bewusst sind. Freiheit verpflichtet! Freiheit verpflichtet zur Verantwortung. Freiheit führt aber auch zur Verantwortung: für sich selbst, für die Familie und für die Gemeinschaft.

Freiheit und Solidarität gehören bei mündigen Menschen zusammen. Freiheit schafft die Basis für *persönliche Beziehungs-Solidarität*. Wir empfehlen, die *anonyme Zwangs-Solidarität* abzuschaffen und die Sozialsysteme auf die Basis der *persönlichen Beziehungssolidarität* zu stellen.«

Beifall unterbricht dauernd diese Rede. Standing ovations. Eine Welle der Zustimmung wogt durch den Saal.

Ratlosigkeit und Erstaunen bei einigen der Honoratioren.
Bundespräsident und Bundeskanzler werfen sich Blicke der Erleichterung zu.

Das Ende der Pyramiden

TERGA-Alpha geht wieder ans Mikrofon und bittet einen grau-haarigen Senior auf die Bühne, der jetzt die Ideen für die *Unternehmen der Zukunft* zeigen soll. Er beginnt seine Vorstellung mit einer Simulation: Der riesige Bildschirm zeigt zunächst die Menschen in den Groß-Konzernen durch die Belastungs-Brille. Die Last der internen Bürokraten und Manager drückt sie in eine gebeugte Haltung, so dass ihre Augen immer auf den Boden gerichtet sind.

So können sie natürlich ihren Kunden nicht sehen. Sie fertigen ihn unwillig mit schmerzverzerrter Miene ab. Ein wirklich deprimierender Anblick, der bei Vielen einen kalten Schauer erzeugt. Ja! So empfinden sie sich selbst in ihren Unternehmen und Behörden!

»Jetzt wollen wir die Belastungs-Parameter verändern. Wir haben uns bei unserem Modell auch von der Idee des *Zehn-Prozent-Staats* leiten lassen.«

Der Computer-Experte TERGA-Gamma senkt am Computer die interne Bürokratie stufenweise ab – bis auf zehn Prozent. Die Wirkung ist verblüffend. Die Menschen richten sich langsam wieder auf. Sie benutzen jetzt ihre Hände nicht mehr zum Abstützen gegen die internen Belastungen, sondern um den Kunden zu bedienen. Sie lächeln sogar befreit und überraschen ihren Arbeit-Geber, ihren Kunden, mit ungewöhnlicher Freundlichkeit. Die Dynamik und die Bewegung werden richtig spürbar. Die Kraft des Lebens kehrt wieder in die Unternehmen zurück.

Doch einige der Kontrolleure, Besserwisser und Erbsenzähler klammern sich auf dem Rücken der Mitarbeiter fest und erwürgen sie fast. Bis es denen zu bunt wird. »Rutsch mir doch den Buckel runter!« rufen sie ärgerlich und schütteln die lästige Last endlich ab. Glücklicherweise begreift die Mehrzahl der ehemaligen Vor- und Oben-Sitzenden ihre neue Rolle sehr schnell. Sie stellen sich hinter ihre Leute und halten ihnen den Rücken frei.«

Eine Frau aus der Arbeitsgruppe kommentiert: »Alle Unternehmen konzentrieren sich jetzt auf zwei Ziele: *Der Kunde muss zufrieden sein und die Mitarbeiter müssen wachsen. Damit die Gewinne steigen.* Der Weg ist eindeutig vorgezeichnet. Die Mitarbeiter sind das wesentliche Leistungs-Vermögen der Unternehmen. Wenn das steigt, geht es dem Unternehmen auch wirtschaftlich besser. Die Mitarbeiter in der Produktion und an der Kundenfront müssen möglichst kompetent und selbständig werden. Sie müssen wachsen, damit sie immer größere Kunden führen können, immer größere Projekte stemmen können und immer größere Komplexität bewältigen können. Dann läuft das Geschäft, und es klingelt in der Kasse des Unternehmens.«

Ein Kollege ergänzt: »Dieses Wachsen an Fähigkeiten und Kompetenz, das ist jetzt die *»neue Karriere«*:

Groß werden zum Nutzen anderer
und nicht mehr Aufsteigen zu Lasten anderer!«

Der Senior fährt fort: »Auch die Organisation der Unternehmen wird sich dramatisch ändern:

Netze statt Pyramiden.

In Pyramiden wurden früher Menschen begraben, auf Pyramiden wurden Menschen geopfert. Aber in Pyramiden können sich mündige und intelligente Mitarbeiter nicht entfalten. Wir haben deshalb Abschied genommen vom Bild der Pyramide und zeigen Ihnen unseren Vorschlag für die organische Organisation von Firmen und Behörden.«

Auf dem Bildschirm erscheint ein Unternehmens-Netzwerk mit den vielen Menschen, die sich wie auf einem Marktplatz bewegen. Spontan erweckt es bei den Zuschauern positive Assoziationen: Leben, Lebendigkeit, Handel und Wandel.

Der Bundespräsident reagiert ganz spontan: »Es sieht ganz so aus, als wenn Sie die Konzerne und Verwaltungen von einem *Jahrmarkt der Eitelkeiten zu einem Marktplatz der Leistungen verwandeln.*« Damit traf er den Nagel auf den Kopf. In der Presse wird dieser Satz noch jahrelang kolportiert werden.

Die Renaissance der Persönlichkeit

Nun kündigt TERGA-Alpha den Höhepunkt des Abends an: Die Simulation der gesamten Volkswirtschaft nach dem neuen Modell. Jeder kann jetzt auf der Riesen-Leinwand und auch zu Hause am Bildschirm live miterleben, wie sich Deutschland entwickeln kann, wenn die Vorschläge der Zukunfts-Werkstatt Realität werden.

Nach einer kurzen Umbaupause beginnt TERGA-Gamma die wesentlichen Parameter zu verändern. Das Präsentations-Team erläutert die eingegebenen Daten und alle schauen gebannt auf die Ergebnisse. Stufenweise wird die Zahl der Gesetze reduziert, stufenweise um zehn Prozent: erst auf neunzig Prozent, dann auf achtzig, ja sogar bis auf siebzig Prozent.

Zusätzlich werden auch die Steuern und die Sozialkosten langsam zurückgefahren. In kleinen Schritten von jeweils fünf Prozent. Aber das Ergebnis ist für alle enttäuschend. An dem bekannten Bild der gebeugten Familie tut sich lange, lange nichts. Die Last bleibt erdrückend!

»Dasselbe Phänomen hatten wir auch bei uns auf TERGA«, flüstert TERGA-Alpha dem Bundeskanzler ins Ohr. »Die Bewohner von TERGA und die Menschen auf Ihrer Erde reagieren sehr ähnlich. *Sie alle empfinden jede Veränderung als störend.* Änderungen machen Angst. Ja, sie lähmen sogar. Selbst wenn sie für die Menschen objektive Verbesserungen bringen.
Die subjektiv empfundene Unsicherheit verschleiert den Blick auf das Positive und verhindert das Aufatmen. Viele kleinere Veränderungen wirken wie dauernde Nadelstiche. Sie tun weh. Sie sind schmerzlich. Sie machen Angst. Sie werden als sehr störend empfunden, aber nie als hilfreich. Sie zerstören auch das Vertrauen in die Politiker. Deshalb ernten die Verantwortlichen nur Kritik von allen Seiten.«

Der Kanzler nickt. Dieses Phänomen hat er schon zu häufig am eigenen Leibe erfahren. Bisher hatte er das allerdings mit der Undankbarkeit des Volkes erklärt.

Erst als die Belastungen um etwa fünfzig Prozent reduziert werden, als sichtbar und signifikant weniger Menschen auf dem Rücken der anderen herumsitzen, erst dann beginnen die Bürger, sich langsam zu erheben. Vorsichtig, erst nur einige, dann immer mehr.

Als die Zahlen für Bürokratie und Steuern bei etwa dreißig Prozent angelangt sind, haben sich die meisten Menschen aufgerichtet. Ein ergreifendes Bild auf der Leinwand. Die Bürger schauen sich um, und sie machen sich gegenseitig Mut. Sie fassen selbst wieder Mut und nehmen ihr Leben selbst in ihre befreiten Hände.

Aber erst, als die Zielmarke von zehn Prozent erreicht ist, spüren wirklich alle die Erleichterung – die auf dem Bildschirm und die im Saal. Jetzt beginnen die Menschen wieder, den Politikern zu trauen und zu vertrauen.

Das verschüttete und gefesselte Unternehmer-Herz, das ja in jedem Deutschen schlägt, kommt so richtig in Schwung. Die Menschen werden sich ihrer Kräfte und ihrer Stärke bewusst. Mit der freigesetzten Energie versetzen sie Berge, und sie verlieren ihre Angst vor der Zukunft.

Ein Mitglied des Präsentations-Teams ergänzt: »In den Unternehmen werden die Menschen jetzt für ihr Gehalt selbst verantwortlich. Das Tarif-Kartell ist gesprengt. Betriebsrat und Unternehmensleitung regeln auf betrieblicher Ebene, was zu regeln ist.«

Eine Kollegin weist auf eine andere Szene hin, die man nicht auf den ersten Blick erkennt: »Über siebzig Prozent der Hochschul-Absolventen machen sich jetzt als Unternehmer selbständig. In der Vergangenheit wollten noch siebzig Prozent in den Staatsdienst und die anderen dreißig als Erbsenzähler oder Manager in die Großkonzerne, um sich dort einsperren zu lassen!«

Lautes Gelächter und Beifall bei den Zuschauern.

Auf dem Bildschirm sieht man auch immer mehr Familien mit drei und vier Kindern. »Die Familien können sich wieder mehr Kinder leisten. Die Entlastungen haben schließlich dazu geführt, dass das Nettogehalt eines Arbeitnehmers doppelt so hoch ist wie heute.« Wieder Beifalls-Stürme im Saal und Bestürzung bei den Honoratioren. »Das geht doch nicht mit rechten Dingen zu.« »Die spinnen doch wirklich!«

Die Sprecherin bekräftigt noch einmal: »Ja, Sie haben richtig gehört. Das Netto-Einkommen steigt um einhundert Prozent!« Ungläubiges Kopfschütteln. Doch der Zukunfts-Computer arbeitet weiter. Die nächste Szene zeigt die Nobelpreis-Verleihungen im Jahr 2030: »Von den zwölf Nobelpreisen gehen sechs an deutsche Wissenschaftler.«

Als das Klatschen im Saal abgeklungen ist, kommt die Erläuterung.
»Deutschland hat jetzt zehn Elite-Universitäten, von denen drei einen besseren Ruf haben als Harvard oder das MIT. Sie ziehen die besten Wissenschaftler und Studenten der Welt an. Ganz zu schweigen, dass Deutschland in den letzten PISA-Studien immer unter den ersten drei war.«

Es gibt noch viele Szenen, die so positiv sind, dass die Menschen im Saal richtig euphorisch werden. Die Sprecherin schließt mit den Worten:
>»Suche lieber selbst Dein Glück,
wart' nicht auf die Politik!«*

Die tausend Teilnehmer sind begeistert und warten jetzt gespannt auf die Reaktion der Staatslenker.

Ein Ruck geht durch die Republik

Als erster ergreift der Bundespräsident das Wort und bedankt sich mit Tränen in den Augen für diese Erlebnisse, die ihm die Mitglieder der Zukunfts-Konferenz und die Besucher von TERGA ermöglicht haben: »Diese Stunden zählen zu den bewegtesten in meinem Leben. Sie haben uns unsere Zukunft deutlichst vor Augen geführt. Mit ihren Problemen, aber auch ihren Chancen.«

Man kann eine Stecknadel fallen hören. Denn er spricht aus, was alle fühlen. Nicht nur im Saal, sondern in ganz Deutschland.

»Was wir heute gesehen und erlebt haben, ist keine Utopie. Es ist eine Vision: Ein Bild unserer Zukunft, das unserem täglichen Handeln Orientierung geben kann und geben wird. Es bleibt noch viel zu tun, sehr viel, unglaublich viel. Es wird ein harter Weg, mit vielen Steinen, die wir uns in der Vergangenheit selbst in den Weg gelegt haben.

Wir brauchen alle konstruktiven Kräfte in Deutschland, diese Steine wieder wegzuräumen, wegzusprengen oder in mühsamer Arbeit in Sand zu zerkleinern. Wir haben alle das Ziel gesehen. Dieses Bild wird nicht mehr aus unserem Bewusstsein zu löschen sein.

Ich verpflichte mich, mit meiner ganzen Kraft, dieses Bild bei uns allen lebendig zu halten und uns Mut zu machen. Schließlich können wir aus den Steinen, die im Weg liegen, auch Treppen bauen, die uns schneller an unser Ziel bringen!«

Minutenlanger Beifall.

Als der Beifall langsam abklingt geht der Bundeskanzler an das Mikrofon. Auch er dankt der Zukunfts-Werkstatt und den drei Außer-Irdischen für ihre über-irdische Arbeit und für die bahn-brechenden Vorschläge:

»Heute beginnt in Deutschland ein neues Zeitalter. Sie haben überdeutlich gemacht, dass wir in Politik und Arbeitswelt noch ein uraltes Menschenbild im Kopf hatten. Das muss und das wird sich jetzt ändern. Sie haben mit ihrer Arbeit den ersten Schritt getan. Wir müssen und wir werden uns jetzt in Bewegung setzen. Und wir«, dabei wandte er sich an all die Präsidenten und Spit-zenfunktionäre, die anwesend waren, »wir müssen dabei die Ersten sein und mit beispiel-gebendem Vorbild vorangehen.

Wir, die wir für diese nicht so rühmliche Gegenwart die Verant-wortung tragen, wir müssen und wir werden uns an die Spitze der Bewegung in eine attraktive Zukunft setzen. Jetzt ist Führung verlangt! Ich lade Sie alle ein zu der morgigen Kabinettssitzung und beabsichtige, im Anschluss an diese Sitzung nicht nur zu sitzen, sondern voranzugehen. Um 19.30 Uhr werde ich an die-sem Ort eine zukunfts-weisende Regierungserklärung abgeben! Und Sie sind alle herzlich eingeladen!«

Das Publikum springt von seinen Plätzen. Standing Ovations.

Die Würde des Menschen kehrt zurück

In der erweiterten Kabinettssitzung zeigt der Kanzler dann wirklich Führungsqualitäten. Zur Einstimmung spielt er noch einmal die sechzig Sekunden vor, die versehentlich im Konferenz-Zentrum ge-zeigt wurden (ein Ritual, das im Kabinett und auch im Bundestag bei jeder Sitzung in den folgenden Jahren beibehalten wird). Dieser Tag ist dann an Dynamik und Spannung, an Euphorie und Ent-Täuschung, an handfesten Konflikten, an Tumulten und Beifall nicht mehr zu überbieten. Alle Ablenkungsmanöver werden vom Kanzler sofort gestoppt:

»Hier wird nichts in einen Ausschuss verwiesen. Wir wissen ja, was dann herauskommt: Ausschuss!«

»Die Fachleute bleiben auch dort, wo wir sie hingesetzt haben, in ihrem »Schub-Fach«. Jetzt brauchen wir Führungskräfte, die kraftvoll führen!«

Am Abend dann die Regierungserklärung. Die ganze Welt ist gespannt. Hat der »Deutsche Patient« noch die Kraft zur Genesung? Wird der lahmende Riese sich noch einmal aufraffen? Und er rafft sich!

Die Weltpresse lässt sich dieses Ereignis nicht entgehen, zumal als Eröffnungsredner kein anderer als Frederick Winslow Taylor auf dem Programm steht. Er ist extra noch einmal aus dem wohl-verdienten Ruhestand gekommen, nicht um seine bahnbrechen-den Arbeiten zu Grabe zu tragen, wohl aber den Missbrauch seines Modells.

Knisternde Spannung, als Taylor ans Rednerpult tritt. Seine Stim-me ist sanft, kein bisschen kämpferisch, aber überzeugend. Die Weisheit des Alters. Sein Amerikanisch ist etwas gewöhnungs-bedürftig, aber er zeichnet mit bildhafter Sprache die Arbeitswelt von vor genau hundert Jahren: »Mit großen Schiffen wurden die in Europa angeworbenen Arbeiter zu uns gebracht. Ausgezehrt von den Strapazen, ohne englische Sprachkenntnisse und vor allen Dingen ohne jede Handwerksausbildung.

Der Fachmann

Ein Fach ist ein gefährlicher Platz,
wenn sich die Themen schnell ändern.

Werden Sie Experte:
Machen Sie Experimente,
bekommen Sie Experience
und entwickeln Sie Expertise.

So kamen die ehemaligen Bauern aus Russland, Italien, Deutschland, Polen, Frankreich usw. in die Fabriken meines Freundes Henry Ford. Und auch in die anderen Werkshallen. Wir hatten alles gut vorbereitet und organisiert. Sie mussten sich nur an eine »Stelle« am Fließband stellen. Ich glaube, Sie benutzen den Begriff noch heute. Nur sitzt man jetzt auf einer Stelle am Büro-Fließband. Und dann mussten sie ihre einfachen Handgriffe tun. *»Arbeite, red' nicht!«* *»Arbeite, denk' nicht!«* In großen Lettern standen überall diese Ermahnungen. Stellen Sie sich nur einmal vor, diese ehemaligen Bauern hätten beim Auto-Bauen angefangen zu denken – unvorstellbar.

Henry Ford und ich waren damals richtig stolz über unser soziales Werk, das wir getan hatten. Und wir sind es heute immer noch! Wir gaben Menschen, die zu Hause ohne Brot und Zukunft waren, bei uns Arbeit und Lohn. Sie konnten jetzt ihre Familien ernähren und selbst konsumieren. So kam der Wirtschaftskreislauf in den USA richtig in Schwung. Durch unsere tolle Fließbandorganisation konnten sie ohne jegliche Ausbildung sogar Autos bauen. Natürlich unter strenger Aufsicht und mit viel, viel Kontrollen und Hierarchie-Ebenen. Uns war zwar bewusst, dass das fürchterlich teuer war, aber durch den hohen Ausstoß von unserer TIN LIZZY rechnete sich das doch noch.

Sie hier in Deutschland brauchen diesen teuren Overhead natürlich nicht, weil Sie ja gut ausgebildete Leute in Ihren Fabriken und Büros haben. Ich möchte Sie auch dringend davor warnen, unser System in Deutschland zu benutzen. In meinem Buch über die »Grundsätze wissenschaftlicher Betriebsführung«, die Bibel der damaligen Wirtschaftswelt, können Sie auf Seite 49 nachlesen: »Dieses System soll man nicht bei ausgebildeten Mechanikern anwenden und auch nicht bei intelligenten

Arbeitern, die lesen und schreiben können. Diese Menschen werden durch die tödliche Routine verdummen und erstarren.«

Ich freue mich besonders, dass Sie an diesem historischen Tag die richtigen Weichen in das neue Jahrtausend stellen und sich auf Ihre Stärken in Deutschland besinnen. Sie haben die Chance, die Kraft und die besten Voraussetzungen, als »Know-how AG« im globalen Dorf anerkannt zu sein: mit komplexen, Know-how-gefüllten Produkten und mit Know-how-basierten Dienstleistungen. Wissen, Erfahrung, Unternehmergeist und Ihre Fähigkeit, Komplexität zu bewältigen, mit diesen Stärken Ihrer deutschen Bevölkerung werden Sie erfolgreich sein.«

Unter dem tosenden Beifall der Zuhörer übergibt er das Rednerpult an den Bundeskanzler. Der beginnt seine Rede mit sehr bewegten Worten, die er an Herrn Taylor richtet:
»Sehr geehrter Herr Taylor. Sie beschrieben vor hundert Jahren in Ihrem Buch die Auswirkungen Ihres Modells sehr eindringlich. Ich darf Sie zitieren: ›Bisher stand die Persönlichkeit an erster Stelle – in Handel und Handwerk. In Zukunft wird die Organisation und das System an die erste Stelle treten.‹ Das hat bei uns zu einer Regelungswut und Regelungsflut geführt, die uns alle verschlingt. Nach hundert Jahren brauchen wir jetzt wieder Persönlichkeiten, die für ihre Kunden, ihr Unternehmen, ihre Familie, ihr Land und besonders für sich selbst etwas unternehmen. Dies sollen sie ab jetzt auch können und dürfen. Wir brauchen und wollen die *Renaissance der Persönlichkeit!*

In das Zentrum unseres Handelns rückt jetzt der Mensch. Das zentrale Leitmotiv unserer Politik heißt:

MENSCH statt **ORGANISATION!**

Wir werden alles tun, um die Menschen in Deutschland von der bürokratischen Umklammerung und der Bevormundung durch den Staat und auch in den Konzernen zu befreien. *Die Würde des Menschen ist unantastbar!* So steht es in unserem Grundgesetz. Wie häufig haben wir dagegen verstoßen, als Staat, als Unternehmen und als Tarifparteien.

Wie häufig haben wir den Menschen ihren Stolz und ihre Freude genommen: Den Stolz auf ihre eigene Leistungsfähigkeit und die Freude, anderen Menschen etwas Gutes zu tun. Wir haben den Menschen ihr ganzes Geld abgenommen, so dass sie anderen nicht mehr helfen konnten – ja sogar nicht einmal sich selbst.

Wie häufig haben wir als Führungskraft gesagt: »Mein Mitarbeiter unter-steht mir disziplinarisch!« Wie oft haben wir das nicht nur gesagt, sondern auch gemeint: Der Mensch als persönliches Eigentum, der unten ist und vor seinem Herrn stramm steht.
Wie oft sind unsere Bürger von Ämtern und Verbänden als Sache, als Akte und als Vorgang gesehen und auch so behandelt worden. Menschenwürde und Freiheit brauchen wieder ihren Platz in unserer Republik!
Freiheit bedeutet aber auch Verantwortlichkeit. Carlo Schmid sagte so zutreffend: »Freiheit ist nur möglich, wenn man bereit ist, ein Risiko einzugehen. Ohne dieses Risiko der Freiheit gibt es keine lebendige Demokratie.«

Mit der Zustimmung und Unterstützung aller staatstragenden Kräfte in Deutschland gebe ich heute die zehn politischen Leitlinien bekannt, mit denen ich Deutschland wieder aus der Krise führen werde:

1. »Der Zehn-Prozent-Staat.«
Er konzentriert sich auf wenige Kernaufgaben:
Entwickeln von Zukunfts-Strategien und *Schaffen von attraktiven, gesetzlichen Rahmenbedingungen*. Dabei blickt er weit über den Tellerrand seiner Landesgrenzen und der Wahlperioden hinaus. Er gibt dadurch seinen Bürgerinnen und Bürgern langfristige Orientierung, Freiräume für Eigen-Initiative, Selbst-Verantwortung und Unternehmertum. So sichert er die Zukunfts-Fähigkeit der Unternehmen und die Arbeitsmarkt-Fähigkeit der Menschen – Beides im Blick auf das »kleine, blaue Dorf«.

2. **Das neue Menschenbild.**
Bei all unserem Handeln lassen wir uns leiten von dem Menschenbild des *mündigen Bürgers, Mitarbeiters und Kunden*. Einhundert Jahre Bildungsarbeit und Demokratie-Bestrebungen müssen endlich Auswirkungen auf das tägliche Leben in Politik und Wirtschaft haben.

3. **Doppeltes Gehalt und Eigen-Verantwortung.**
Die Steuern und Abgaben werden drastisch reduziert mit dem Ziel, das verfügbare Nettoeinkommen eines deutschen Arbeitnehmers zu verdoppeln. So erhält er den nötigen Spielraum für Eigen-Initiative und Eigen-Verantwortung, die jetzt auch von ihm verlangt wird.

4. **Unternehmertum statt Bürokratie.**
Unternehmertum und Eigeninitiative sind historische Stärken der Deutschen. Wir müssen diese Stärken wieder entfesseln. Deshalb wird die Bürokratie im Staat, im Sozialwesen, in der Bildung und auch in den Unternehmen auf zehn Prozent reduziert.

5. **Die persönliche Beziehungs-Solidarität.**
Diese deutsche Tugend war leider lange Zeit in Vergessenheit
geraten. Sie ersetzt ab sofort bei den neuen Sozial-Systemen die
anonyme Zwangs-Solidarität.

6. **Eliten-Förderung und Breitenbildung.**
Im Bildungswesen bekennen wir uns neben einer exzellenten
Basis-Ausbildung auch zur Eliten-Förderung. So werden wir
unsere Zukunft absichern und in Bildung, Forschung und
Wissenschaft wieder Weltspitze sein.

7. **Netze statt Pyramiden.**
Die starren hierarchischen Organisations-Vorstellungen werden durch lebendige Netz-Strukturen ersetzt. »Befehl und
Gehorsam« passt nicht zu eigen-verantwortlichem Handeln.
Kunden-Lieferanten-Beziehungen mit »gleicher Augenhöhe«
lösen in den Organisationen die macht-orientierten Unterstel-
lungs-Verhältnisse ab.

8. **Führen ist eine Dienst-Leistung.**
Das Bild von »Herr und Knecht« hat endgültig ausgedient. Wer
führen will, muss dienen und leisten. Er muss Nutzen stiften,
für die Bürger, die Mitarbeiter, die Kunden und die Aktionäre.

9. **Mensch als Vermögen.**
In der Arbeitswelt wird der Mensch als Vermögen anerkannt.
Er wird als vernunftbegabtes Wesen und Wissens-Träger ge-
wünscht und auch akzeptiert. Der menschenverachtende
Begriff *Human Ressource* (der Mensch als Mittel) wird ersetzt
durch *Human Capital* (der Mensch als die Hauptperson, von
lat. caput »die Hauptperson«). Unterstützt werden diese Ziele
konkret durch folgende drei Maßnahmen:

- Die Bilanz-Richtlinien werden geändert:
  Menschen sind jetzt Vermögen und Maschinen sind Kosten.
- Bezahlt wird die Person und nicht die Stelle.
- Der Mensch ist für sein Gehalt selbst verantwortlich.

10. Gewerkschaften und Arbeitgeber-Verbände fusionieren.

Die beiden Tarifparteien werden ihre Kräfte bündeln statt sie im dauernden Krieg aufzureiben. Sie schließen sich zusammen und stellen als *»Zukunfts-Beratungs-GmbH«* ihren gemeinsamen Erfahrungsschatz allen Bürgern, den Führungskräften, den Behörden, den Parlamenten und den Bildungs-Instituten zur Verfügung. Natürlich gegen Honorar, denn ihr Wissen ist viel wert. Auf Mitgliedsbeiträge wird verzichtet. Der Unternehmenszweck der neuen GmbH ist, Zukunfts-Szenarien über Chancen und Risiken des globalen Arbeitsmarktes für die Deutschen zu entwickeln und insbesondere die Bürger dabei zu beraten, wie sie ihr Gehalt verhandeln und wie sie am Weltmarkt der Arbeit zukunftsfähig werden und bleiben.

Das *Bündnis für Arbeit* bekommt eine neue Aufgabe und einen neuen Namen. Als *Bündnis für Wandel und Zukunftsfähigkeit* hat es die Aufgabe, für »Lifelong Employability« zu sorgen, für die Zukunfts-Fähigkeit der Menschen am Weltmarkt der Arbeit. *Das Leben ist zu lang geworden, für nur einen Beruf!* Das Bündnis wird den Menschen Mut machen zum Wandel und zum Wachsen. Und es wird ihnen helfen, ihre Fähigkeiten und Kompetenzen ständig zu erweitern.

An dieser Stelle danke ich besonders den Gewerkschaften, die bereit sind, wieder an ihre eigentliche Rolle anzuknüpfen. Zu ihren Anfangszeiten waren sie immer der Innovations-Motor in der Arbeitswelt. Diese Kraft haben sie in dem zermürbenden Kleinkrieg der Tarif-Parteien verloren. Zuletzt agierten sie immer stärker in der Bremser-Rolle. Sie haben, wie wir alle, zu lange an dem Menschenbild des ungelernten, unmündigen Arbeiters festgehalten. Das wollen sie jetzt ändern. Der Arbeitnehmer nach unserem heutigen Bild braucht keine Zwangs-Vertretung mehr. Er hat aber einen wachsenden Bedarf an Beratung, Training und Coaching. Hier sehen die Gewerkschaften wieder ihre neue, alte Aufgabe als Innovations-Motor in der Arbeitswelt.

Die Menschen in Deutschland werden als das wichtigste Wirtschaftsgut anerkannt, als das wirklich langfristige Vermögen der deutschen Volkswirtschaft. Denn ein Arbeitsleben dauert vierzig bis fünfzig Jahre, in dem es gilt, den Menschen »gut zu pflegen«, »in Schuss zu halten«, »zu modernisieren« und »auf dem neuesten Stand der Technik zu halten«, ganz wie wir es heute bei Maschinen gewohnt sind. Die Menschen sind als Leistungs-Vermögen wert zu schätzen.

Wir erleben in diesen Stunden die **Renaissance der Persönlichkeit.** Der Mensch hat das Recht, als Unikat, als Person und als Persönlichkeit wertgeschätzt und behandelt zu werden. Alle Menschen werden als Unikate geboren, aber viel zu viele sterben als Kopien. Und wir haben dafür gesorgt, mit unseren perfekten Systemen. Perfekte Systeme machen keine Fehler. Sie *sind* der Fehler!
Damit ist jetzt Schluss. Der Staat will nicht der Feind der Bürger sein, der sie unterdrückt. Wir, die Politiker, die Tarifparteien und die Verbände, wir verstehen uns jetzt als Gärtner. Wir wollen und werden die richtigen Rahmenbedingungen schaffen, damit die Menschen aufblühen und ihre Fähigkeiten voll zur Entfaltung bringen. Damit sie wachsen können, auf dass sie groß, stolz und stark werden.

Ich bin sicher, dass die Bürger die neuen Chancen nutzen werden. Auch wenn es für viele anfänglich ungewohnt und unbequem sein wird. Deutschland ist das Land der Dichter und Denker, der Erfinder und der Unternehmer.

Deutschland wird ein Land mit stolzen Bürgern:

- *stolz auf ihre eigene Leistung,*

- *stolz auf ihre Familie,*

- *stolz auf ihr Unternehmen,*

- *stolz auf ihre Gemeinde und*

- *stolz auf unser Land.*

Ich meine, wirklich stolz und nicht überheblich. Denn Stolz entsteht aus Kompetenz, Überheblichkeit aus Inkompetenz. Und Sie alle, als Bürger unseres Landes, haben viele Kompetenzen, viel Wissen und viel Können, viele Fähigkeiten und viele Fertigkeiten. Wir als Politiker werden Sie jetzt ent-fesseln, damit Sie sich selbst ent-wickeln und ent-puppen können (aus Ihrem Kokon). Wir wollen die *Lust auf Deutschland* wieder wecken: im Inland wie im Ausland.

Es wird nicht einfach sein und auch nicht bequem. Es klingt vielleicht für viele zu revolutionär. Wer Unmögliches ermöglichen will, der muss Undenkbares denken! Wir werden nicht alles am ersten Tag umgesetzt haben. Wir lassen uns jetzt leiten von dem Prinzip: *Revolution im Denken und Evolution im Handeln.*

Heute sitzen wir 80 Millionen Deutsche in einem riesigen Bus, der eine abschüssige Sackgasse hinunter rast. Entsetzt starren wir auf die Mauer vor uns, und jeder tritt verzweifelt auf seine Bremse. Durch die gemeinsamen Anstrengungen haben wir jetzt eine Lösung gefunden. Wir reißen das Steuer herum, lenken in die Querstraße »**Zur Selbstverantwortung**« und geben Vollgas.

Das Zehn-Punkte-Programm wird der Leitstern sein für alle unsere nächsten Schritte. So werden wir uns alle entfalten mit all unseren Kompetenzen: für unser persönliches Wohl, für das Wohl unserer Familie und zum Wohl von ganz Deutschland. Wir haben erkannt, dass wir Deutschland nur von unseren Kindern geliehen haben. Wir sind uns unserer Verantwortung bewusst.

In einem Jahr sehen wir uns wieder, an diesem Ort, zu dieser Zeit. Dann werde ich über die ersten sichtbaren Erfolge berichten. Ich wünsche uns allen viel Mut, Kraft und Durchhaltevermögen. **Gejammert haben wir genug. Jetzt lasst uns Taten sehen!**«

Der Abschied

Die starken Worte und die gigantische Zukunfts-Werkstatt finden weltweit Resonanz. »Alle Achtung!« »Na endlich! Die wachen doch noch auf.« »Das hätten wir den Deutschen gar nicht mehr zugetraut!« Die Welt zollt Beifall und Respekt. Die Weltpresse spricht vom »Modell Deutschland« oder besser vom *German Ruck,* und der »Zehn-Prozent-Staat« ist in aller Munde.

Ein Schlager aus dem Jahr 1983 feiert Wiederauferstehung: »*Jetzt wird wieder in die Hände gespuckt, wir steigern das Bruttosozialprodukt.*« Unsere drei Freunde bereiten sich auf ihre Rückreise vor und verabschieden sich von Präsident und Kanzler. Die Dankbarkeit leuchtet denen richtig aus den Augen. Dem Bundes-Präsidenten schenken Sie noch einhundert Belastungs-Brillen: »Für die Chefs Ihrer Bundesländer, Verbände und Groß-Konzerne. Damit die immer sofort sehen, was sie anrichten.«

Vom Kanzler erhalten sie das Versprechen: »Zum Jahrestag dieses Ereignisses werden wir wieder eine solche Zukunfts-Werkstatt durchführen. Zu diesem Tag sollen die 10.000 Menschen all ihre positiven Beispiele mitbringen, die sie im Jahre Eins nach dem großen Ruck erlebt haben.«

Die TERGA-Leute beglückwünschen den Kanzler zu der Idee, die positive Energie durch positive Beispiele noch zu verstärken. Sie überreichen ihre Visitenkarten mit ihren Frequenzen und Koordinaten im Weltall und werden an dem Jahrestag ihre Antennen auf Empfang einstellen.

Der Kanzler wird ganz feierlich als er ihnen sagt: »Sie werden nicht enttäuscht sein! Sie haben uns unsere Stärken wieder bewusst gemacht und unseren Mut zurückgegeben. Dafür unseren herzlichen Dank, vom ganzen deutschen Volk!« Mit den Worten:

»Eure Zukunft liegt in Eurer Herkunft,
entfesselt die Kräfte Eurer Tradition.
Denn Tradition ist nicht das Anbeten der Asche,
sondern das Weiterreichen des Feuers!«

verschließen die Außerirdischen die Luken und starten ihr Raumschiff.

»Die Deutschen sind eigentlich richtig sympathisch. Sie haben es verdient, dass sie wieder stark und stolz werden.« »Ihre Idee, alle Gesetze jetzt mit einem Verfallsdatum zu versehen, die ist wirklich genial. Das müssen wir bei uns auch einführen!« »Die Erde ist schon ein phantastisches kleines Dorf. Es hat sich aber viel geändert, in den letzten hundert Jahren! Das müssen wir alles unseren Freunden erzählen. Die haben ein völlig falsches Bild von der Erde.«

Sie schauen aus dem Fenster und genießen den Anblick der blauen Kugel: »Auf der Erde ist alles in Bewegung. Genau wie die weißen Wolkenbilder. Sehr lebendig, voll pulsierendem Leben.« »Die Kinder, die haben mir am besten gefallen. Die sind die Zukunft!« Nach erfolgreicher Mission fliegen sie nach Hause. Zurück bleibt die Erde. In ihrem Fenster wird es immer kleiner: Dieses kleine blaue Dorf!

7.

EIN JAHR SPÄTER:

DEUTSCHLAND ERBLÜHT

Die Welt wird schöner mit jedem Tag.
Man weiß nicht, was noch werden mag.
Das Blühen will nicht enden.
(Ludwig Uhland – Frühlingsgedicht)

Das Leben ist zu kurz für ein langes Gesicht

Zur Vorbereitung auf die Jubiläums-Konferenz haben an den hundert Orten die einhundert Teilnehmer der Zukunfts-Konferenz positive Beispiele gesammelt – ein ganzes Jahr lang. Sie haben sich darüber ausgetauscht und die besten zur Präsentation auf der Konferenz ausgewählt. Allein diese Diskussionen haben schon in Deutschland einen deutlichen Stimmungs-Umschwung bewirkt.

Diese 10.000 Menschen fanden viele, unglaublich viele Beispiele, die Mut machen. Ihren Kritikern hielten sie entgegen: »Besser ein Optimist, der sich mal irrt, als ein Pessimist, der immer Recht hat!«

Sie erzählten sich jeden Morgen diese positiven Beispiele. Sie sagten dabei »Guten Morgen!« und nicht mehr »Schlechter Morgen!« Und es wurde ein guter Morgen. Sie lernten das kleine Geheimnis des Optimismus: Er wirkt wie ein Bumerang. Man kann gar nicht verhindern, dass er zurück kommt. Mit einem eigenen Slogan machten sie sich gegenseitig Mut:

>*»Das Glas halb voll, das Glas halb leer.*
>*Mit Optimismus wird's oft mehr!«*

Sogar die Presse hörte auf, nur Negativ-Nachrichten und Horror-Stories zu verbreiten. In jeder Zeitung und bei jeden Abend-Nachrichten gab es eine Rubrik: *Deutschland blüht auf!*
Gegen die Jammerer und Pessimisten hatte sich eine starke Front gebildet. Das Ergebnis blieb nicht aus. Die Politiker und Verbände bekamen Mut, die Menschen zu befreien. Die ersten kleinen und auch große Resultate machten noch mehr Mut. Und so begann sich, eine Positiv-Schleife in Bewegung zu setzen.

Dabei wurde eine wichtige und wertvolle Erkenntnis in der ganzen Republik deutlich:

Ja, wir leiden in Deutschland. Aber wir leiden auf hohem Niveau!

Wir hatten uns nur eingesponnen in einem Kokon aus Angst und Sicherheitsneurosen. Wir ließen Grabsteine rütteln, benutzten TÜV-geprüfte Spazierstöcke und blieben nachts auf völlig leeren Straßen an roten Ampeln stehen. Wir fragten unseren Chef, ob wir zum Kunden fahren dürfen. Wir ließen uns Dienstreisen, Urlaubstage oder Überstunden genehmigen. Wir hatten Angst bekommen, etwas zu unternehmen und dafür auch die Verantwortung zu übernehmen. Wir hatten den Mut verloren, unser Leben selbst in die Hand zu nehmen. Glücklicherweise haben wir – dank TERGA – wieder gelernt, was Leben ist und leben heißt:

An dem Tag,
an dem du die volle Verantwortung
für dich selbst übernimmst,
an dem Tag,
an dem du aufhörst,
Entschuldigungen zu suchen –
an diesem Tag beginnt dein Leben.

Unsere Städte:
(k)eine Dienstleistungs-Wüste!

Der Eindruck, den die TERGA-Leute bei ihrem Abflug mitnahmen war richtig. Da ist viel in Bewegung in dem kleinen blauen Dorf, besonders in Deutschland. Wir sind gar nicht so schlecht, wie wir uns immer machen.

Die Bürgermeister haben in vielen Städten viel bewegt. Einige wollen nicht den Amtsschimmel reiten, sondern fühlen sich viel wohler als »Vorstand« einer Stadt, die sich wie ein vorbildliches Unternehmen um seine Kunden und Mitarbeiter kümmert.

Offenbach am Main ist eine der ersten Städte, die im großen Stil ihre Ämter privatisiert und auf Kundenorientierung getrimmt hat. Der Bürgermeister war ein ehemaliger Unternehmensberater, der jetzt »seine eigene Suppe auslöffeln« durfte. Das Ergebnis war erstaunlich: Kosten runter, Service rauf. Beamten raus, Service-Mitarbeiter rein. Weil die städtischen GmbHs, zum Beispiel für Straßenreinigung wirtschaftlich so erfolgreich waren, konnten sie mehr Arbeitplätze schaffen, als die Stadt-Verwaltung vorher hatte. Jetzt werden sie aber nicht mehr vom Staat bezahlt, sondern von Offenbacher Firmen, für die sie die Höfe und Gebäude sauber halten.

Kommentar einer Bürgermeisterin: »Ich habe dieses Amt doch nicht übernommen, um die Stadt wie eine Sozialstation zu führen, die ihre Bürger durch milde Gaben abhängig macht oder mit Vorschriften entmündigt. Ich will die Zukunft prägen, gestalten statt verwalten!«
Viele Städte richten sogenannte »Bürger-Service-Center« ein, bei

denen man einen Ansprechpartner findet, der unterschiedliche Ämter koordiniert. Solche *Lotsen* sorgen z.B. bei neu hinzugezogenen Bürgern, dass sie nicht für die vielen Anmeldeformalitäten von Pontius nach Pilatus laufen müssen. *One-Stop-Service* heißt das auf Neudeutsch. Das Gleiche gibt es auch für Firmen, die sich ansiedeln wollen und für junge Firmengründer.

Das Finanzamt in Stuttgart spricht nicht mehr vom »Steuerpflichtigen«, sondern vom Kunden, nicht immer, aber immer öfter. Für ihn ist im Erdgeschoss eine Art Schalterhalle gebaut worden. Dort können die »einfachen Fälle« ihre Erklärungen mit einem Beamten durchgehen und die Veranlagung sofort am Computer machen lassen. Die Öffnungszeiten gehen bis in den Abend und sollen sogar auf den Samstag ausgeweitet werden.

Baden Württemberg setzt auch intensiv auf das Internet, um den Bürgern leichteren Zugang zu den Ämtern zu geben. Andere Länder beeilen sich, diesem Beispiel zu folgen. Es gibt auch ein Schlagwort dafür: »E-Government«.

Die Städte wetteifern sogar, wer am schnellsten eine Baugenehmigung schafft oder eine Gewerbe-Ansiedlung. Der Rekord für Baugenehmigungen liegt bei einer Woche. In diesem Fall sitzen alle am Genehmigungsprozess Beteiligten einen Tag lang in einem Raum, gehen alle anstehenden Bauanträge durch und entscheiden gemeinsam, sofort und abschließend.

Staats-Bedienstete lassen sich nicht mehr vom Staat bedienen, sondern bedienen jetzt den Staat. Und der bin ich, der Bürger!

Der Stuttgarter Oberbürgermeister Rommel kämpfte zu seiner Amtszeit vehement für die Lockerung des Ladenschluss-Gesetzes.

Er wollte die Bahnhofsgegend attraktiver machen und erlaubte den Geschäften, bis Samstag Abend zu öffnen. »De Schwabe wolle ebe schaffe!« Der Widerstand der Gewerkschaften zwang ihn zum Rückzug. Aber jetzt dürfen die Geschäfte in ganz Deutschland samstags bis 20.00 Uhr öffnen. Manchmal braucht man in Deutschland einen besonders langen Atem!

In deutschen Innenstädten findet man immer mehr Leben bis weit nach zwanzig Uhr. Besonders in den kleinen Gässchen der Altstädte werden schon im frühen Frühjahr die Tische und Stühle rausgestellt: Bei La Roma, Delfino, Mario oder Georgio. Hier trifft man sich. Nicht nur die jungen Leute. Hier wird diskutiert und gelacht. Die Kellner sprechen halb italienisch, halb deutsch. Das weckt so richtig die Urlaubsstimmung.

Sogar die »Tante-Emma-Läden« kommen wieder. Mitten in der Stadt und mitten im Wohngebiet. Nur heißt die Tante nicht mehr Emma, sondern Ahmed oder Ali, und sie ist ein Onkel. Dort kann man nicht nur in letzter Minute den vergessenen Zucker kaufen, sondern findet auch frisches Gemüse und Obst – appetitlich ausgebreitet. Ganz wie im Urlaub.

Liberalisierung und Privatisierung: Der Kunde wird entdeckt!

Es ist Mode geworden, lautstark die Privatisierung, Deregulierung und Liberalisierung zu fordern. Brüssel liebt diese Worte, unsere Bürokraten hassen sie. Der Bürger als Kunde. Der Patient als Kunde. Das geht doch wohl zu weit! Trotzdem haben wir schon tolle Erfolge geschaffen und geschafft:

Befreit von der staatlichen Bevormundung hebt sich der Kranich in die Lüfte. Die *Deutsche Lufthansa* entfaltet ihre Flügel und nimmt das Zukunfts-Bild »Netze statt Pyramiden« ernst. Sie baut nicht nur das weltweite Netz der »Star Alliance«. Eine wirkliche Welt-Neuheit! Zusätzlich öffnet sie für viele ihrer internen Abteilungen die Unternehmensgrenzen und lässt sie mit derem »Gewußt wie« auf den Märkten der Welt Geld verdienen. Ihre ehemals interne Flugzeug-Werft und die EDV-Abteilung machen jetzt mehr als fünfzig Prozent ihres Geschäfts bei externen Kunden, weltweit. Das Ergebnis kann sich sehen lassen. Aus der ehemaligen Behörde ist ein Konzern-Verbund geworden. Die Beschäftigten-Zahl hat sich von 40.000 auf 80.000 verdoppelt. Ein Staats-Betrieb entpuppt sich als erfolgreicher Global Player. Genau wie die *Deutsche Post AG*, die eine ähnliche Success-Story schreibt. Die *Deutsche Telekom* sucht zwar noch ihren Weg in dem kleinen blauen Dorf. Den Kunden hat sie aber schon ganz gut entdeckt.

Genau wie die *Deutsche Bahn*. Im Zug haben sich die Bahn-Beamten mit dem herrischen Ton »Ihre Fahrkarten!« verwandelt in Kunden-Bediener: »Darf es Kaffee oder Tee sein? Ich bringe ihn auch gerne an Ihren Platz.« Die Bahnhöfe verwandeln sich auch: Vom Rotlicht- und Penner-Milieu zu lebendigen Marktplätzen für die Kunden. Der positive Effekt dieser Milliarden-Investitionen wurde allerdings von der Bahn in wenigen Wochen durch ein kunden-missachtendes Tarifsystem schnell zerstört.

Bei der Kfz-Zulassungsstelle in Hofheim (Taunus) entschuldigte sich sogar die Mitarbeiterin für eine Wartezeit von zehn Minuten und besorgte ihrem Kunden eine Tasse Kaffee. Welch eine Entwicklung, wenn man sich noch an die langen Schlangen vor zehn Jahren erinnert. Ein halber Tag war mindestens verloren.

»Made by Germans«

Die vier befreiten Staatsbetriebe tragen stolz das »Deutsch« in ihrem Namen, weil »Made by Germans« weltweit einen tollen Ruf hat. Nicht umsonst strahlt der Mercedes-Stern überall im kleinen blauen Dorf. Und Porsche baut Autos, die keiner braucht, aber jeder will. *»Made by Germans.« Das ist der neue Renner:*

* MINI,   made by BMW,
* SKODA,   made by VW,
* SEAT,   made by VW,
* Rolls Royce,   made by BMW,
* Bentley,   made by VW,
* SAAB,   made by OPEL,
* Lamborghini,   made by Audi,
* Chrysler,   made by DAIMLER.

Nicht zu vergessen: Formel 1 Spitzenautos »driven by Germans«.

Deutschland als Know-how AG. *Die Deutschen als Complexity Manager*, so nennt sie Roland Koch in seinem Buch. Zuverlässig, fleißig und beste Qualität. »Da kauf' ich gerne!« Deutschlands Richtung scheint zu stimmen. Wir zählen neben USA und Japan zu den Export-Weltmeistern, obwohl unsere Volkswirtschaft nur ein Bruchteil der beiden anderen ausmacht.

Bei uns exportieren nicht nur die Großen. Der berühmte deutsche Mittelstand ist mittlerweile weltweit tätig. Er bringt das Wachstum, auch im Export. Er besetzt Nischen, spinnt Netze, macht sich einen guten Namen und lernt fleißig Fremdsprachen. Sein Erfolgsrezept: »Hier bedient der Chef persönlich! Hier verhandelt der Inhaber persönlich!« Wir sind Unternehmer. Wir bleiben Unternehmer. Deutschland, das Land der Unternehmer!

Wir sind gar nicht so schlecht, wie wir uns so gerne machen! Irgend etwas machen wir richtig – trotz der internen Behinderungen, trotz der üppigen Bürokratie. Wir fahren allerdings noch mit zwei angezogenen Handbremsen. Wenn wir die lösen! Gar nicht auszudenken. Welch eine Energie wird dann frei! Fünf Prozent Wachstum sind locker drin! Dann kommen die Arbeitslosen raus – aus der Statistik (auch ohne faule Tricks).

Dann reichen auch zehn Prozent Steuern – für den »Zehn-Prozent-Staat«. Dann reichen auch die zehn Prozent Sozialkosten – für die zehn Prozent Sozial-Schwachen. Die können wir uns dann leisten. Das wollen wir uns auch leisten. Denn schließlich sind wir ja sozial!

Know-how, welch ein Geschäft!

Das Know-how. Das »Gewusst wie«. Welch ein Geschäft: Man hat es. Man verkauft es. Und man hat es dann immer noch! Es nutzt sich nicht ab. Es wird sogar wertvoller (voller Wert), wenn man es benutzt. Dieses Geheimnis machen sich nicht nur die »DEUTSCHE LUFTHANSA TECHNIK AG«, die ehemalige interne Lufthansa Werft zunutze, sondern auch »PORSCHE-ENGINEERING«. Beide verkaufen ihr Wissen gegen teures Geld an die Konkurrenten ihre Mutterfirmen. So entwickelte PORSCHE im Auftrag von OPEL Spezialtechnik für deren Erfolgsmodell »ZAFIRA« und peppt die Gabelstapler von Linde mit Porsche-Design auf.

Bei der FRANKFURTER MESSE GmbH kaufen sich Großstädte aller Kontinente das »Gewusst wie« man eine Messe erfolgreich macht und bei der FRAPORT AG (ehemals »Frankfurter Flughafen«), wie man Flughäfen betreibt. Beide haben sich in den letzen zehn Jahren zu global agierenden Know-how-Companies entwickelt, die ihr Geld zunehmend im Ausland einsammeln.

Die Walldorfer *SAP AG* hat das Weltmonopol der Amerikaner bei der Software gebrochen, und Wiesbaden bezeichnet sich als »Consulting City«, weil dort viele Beratungsunternehmen ihren Sitz haben. München entwickelt sich zielgerichtet zu einem deutschen »Silicon Valley«.

Das Know-how unserer Menschen ist das Einzige, was Deutschland beim Übergang von der Produktions-Gesellschaft zur Dienstleistungs-Gesellschaft retten kann. *Autos Waschen* und *Autos Konstruieren*; beides sind Dienstleistungen. Aber nur das Zweite traut man uns auf der Welt zu. Und für das Erste sind unsere Löhne auch viel zu hoch!

Spitzen-Know-how braucht man nicht nur für komplexe Dienstleistungen, sondern auch zum Erstellen und Vermarkten komplexer Produkte. Darauf konzentrieren sich unsere erfolgreichen Pharma- und Chemie-Unternehmen, zum Beispiel BASF. Zitat eines Vorstandes: »Unsere Verfahren und Anlagen sind so komplex, dass wir das nur in Deutschland machen können. Sonst brauchten wir nicht in Ludwigshafen zu produzieren.« Diese Erkenntnis war auch der Grund für die Teilung der HOECHST AG in eine Firma AVENTIS für solche komplexen Produkte und in das sogenannte »Commodity-Business« mit Farben, Fasern und chemischen Grundstoffen.

Ein sehr positives Beispiel ist die FRESENIUS AG, die 1999 den Sprung in den DAX 30 geschafft hat. Trotz allgemeiner Börsen-Krise konnte sie die zehnte Dividenden-Erhöhung in Folge vorschlagen und erzielt heute 90 Prozent ihrer Erlöse im Ausland.

Die neue Wirtschafts-Ethik:
Wert-Schöpfung durch Wert-Schätzung

In Know-how-Companies kann die Firma nicht mehr über ihr Produktionsvermögen verfügen. Es sitzt in den klugen Köpfen. Dieses sogenannte »Intellectual Capital« kann man nicht besitzen. Die Firma kann nur dafür sorgen, dass sie für diese Mitarbeiter attraktiv ist – mit ihrer Unternehmenskultur. Dann kommen die Menschen gerne und bleiben auch gerne. Das gleiche gilt für die Kunden.

Positive Beispiele finden wir bei IT-Firmen wie *SAP*, *CSC Ploenzke* oder *Hewlett Packard* aber auch bei Dienstleistungs-Unternehmen wie dem Drogeriemarkt *dm*, dem Baumarkt *OBI* oder der *Degussa Bank*. Diese Bank geht sehr erfolgreich den Weg gegen den Trend. Wenn sich alle Banken aus der Fläche zurückziehen, geht sie in die Fläche. Das Besondere: Sie errichtet Mini-Filialen in den Bürogebäuden ihrer Kunden. Perfekte Kunden-Nähe, die aber nur funktioniert, weil die Mitarbeiter der Bank sehr eigenverantwortlich arbeiten können, dürfen und wollen. Solche Unternehmen können nur erfolgreich sein, wenn sie die Menschen wertschätzen, als Mitarbeiter und als Kunden.

Dr. Michael Kern, der Vorstandsvorsitzende der *KAMPS AG* bringt es auf den Punkt: »*Kundenorientierung beginnt bei der Mitarbeiterorientierung.* Wie die Chefs die Mitarbeiter behandeln, so behandeln die ihre Kunden.«
Reinhold Würth, Vorsitzender des Beirats der Würth-Gruppe ist sich sicher: »Menschenführung entscheidet zu mehr als 50 Prozent über Gewinn und Verlust. Kapital und Produkte haben nur nachgeordnete Bedeutung.«

Über den Gründer und Geschäftsführenden Gesellschafter der dm-Drogeriemärkte schrieb die ZEIT am 20. Februar 2003: »*Mit Gel und Goethe*. Götz Werner ist überzeugter Schöngeist und nebenbei Chef der dm-Drogeriemärkte. Beides passt gut zusammen.« Seit 1973 hat er ein Unternehmen aufgebaut mit 19.000 Mitarbeiterinnen und Mitarbeitern und über 1.400 Filialen. Sein »Geheimnis« ist sein Menschenbild, das ein Spruch von Theodor Storm verdeutlicht, der in der Lobby hängt:

>*Der eine fragt, was kommt danach?*
>*Der andere fragt nur: Ist es Recht?*
>*Und also unterscheidet sich der Freie von dem Knecht.*«

Freiheit und Selbstverantwortung ist nicht immer leicht. Mitarbeiter erzählen freimütig, dass sie manchmal die Aufforderung, eigenverantwortlich zu handeln, als Zumutung empfunden haben. Schlagworte wie »Selbständigkeits-Potential ist Freiheits-Potential« haben sich nicht sogleich mit Leben gefüllt. Nicht jeder Filialleiter ist von vornherein in der Lage, den eigenen Erfolg zu deuten und zu steuern, das Warenangebot optimal zu mischen oder gar die Personalpolitik mitzubestimmen.

Deshalb gibt Götz Werner den Menschen in seinem Unternehmen Hilfen zur Selbsthilfe. Jahr für Jahr treffen sich rund 800 junge dm-Leute zu achttägigen Theaterworkshops oder trainieren im »Erfahrungsfeld der Sinne« auf dem Schloss Freudenberg in Wiesbaden. Gemeinsam mit Künstlern üben sie Sprache, Gesang und Tanz.
Irgendwann in den achtziger Jahren reifte bei Herrn Werner die Einsicht, dass Befehl und Gehorsam auf der einen Seite und der Wunsch nach »sozialem Miteinander« auf der anderen, nicht zueinander passen. Das Jahr 1991 brachte dann den Umschwung.

Gemeinsam mit einem anthroposophischen Unternehmensberater, dem Niederländer Helmut ten Siethoff, wurden seit Mitte der siebziger Jahre Projekte eingerichtet, die die Eigenverantwortung der Mitarbeiter stärken sollten: jeden Einzelnen »intelligent« machen »im Sinne des Ganzen«, der Produktivität und des wirtschaftlichen Erfolgs. Wertschöpfung durch Wertschätzung.

Die Hierarchie kommt in Bewegung

SIRONA, eine ehemalige Siemens-Tochter für Medizin-Technik, erhält die Auszeichnung »Innovativster Mittelständler des Jahres«. Vorausgegangen war ein bis dato beispielloses Vorgehen der Geschäftführung von SIRONA. In der kritischen Phase, als 1.000 Mitarbeiter Angst um ihren Arbeitsplatz hatten und sehr verunsichert waren, weil sie von Siemens »ausgestoßen« wurden, da wagte das Management gemeinsam mit dem Betriebsrat ein großes Experiment: Sie luden alle Mitarbeiter ein, drei Tage lang über die Zukunft des neuen Unternehmens zu diskutieren und konkrete Vorschläge zu erarbeiten für *Vision, Werte und Wege von SIRONA*. Die »Open-Space-Methode« erlaubte es, in zehn Konferenzen mit je einhundert Mitarbeitern das Wissen und die Intelligenz des gesamten Unternehmens zu aktivieren und für die notwendigen Veränderungsprozesse zu nutzen. Der Erfolg gibt der Geschäftsleitung Recht!

Die Entscheidungen wandern immer mehr direkt an den »Point of Sales«, zu dem Mitarbeiter, der direkt beim Kunden sitzt. Er entscheidet, ohne seinen Chef zu fragen. Man nennt das »fallabschließende Sachbearbeitung«. Informatik macht es möglich. Das geht schneller und ist viel billiger. Eine Dortmunder Krankenversicherung hat es so geschafft, innerhalb eines Tages

Ab-Teilen oder Zusammen-Arbeiten

die eingereichten Belege ihrer Kunden abzurechnen. Ihre Erkenntnis: »Nur ein schneller Schaden ist ein billiger Schaden!« Und der Kunde ist auch zufrieden.

Die *Adam Opel AG* geht bei der Entwicklung ihrer Autos neue Wege. Für jedes Auto wird ein Projekt-Team aus allen betroffenen Bereichen des Unternehmens zusammengezogen, das auch räumlich zusammen sitzt, in direkter Nähe zum Entwicklungschef. Alle üblichen Hierarchien sind ausgeschaltet. Dieses Team hat sogar einen »Virtual-Reality-Raum«, in dem sie auf einer Riesen-Leinwand mit 3D-Brillen das Auto virtuell zusammen- und auseinander-bauen, ja sogar ändern kann. Im Großen, aber auch bis ins kleinste Detail können die Mitarbeiter aus der Entwicklung, dem Einkauf und der Produktion alle Produktions-Prozesse simulieren und die meisten Entscheidungen selbst treffen. Bei grundsätzlichen Fragestellungen großer Reichweite kommt die Unternehmensleitung direkt in das Team.

Die Entwicklungs-Zeiten und -Kosten lassen sich so auf einen Bruchteil reduzieren. Die einzigen Klagen, die immer wieder zu hören sind, kommen von den mittleren Hierarchen: »Ich weiß gar nicht mehr, was meine Leute machen!« Einige aus diesem Middle-Management sind allerdings stolz, wenn »ihre« Mitarbeiter zu besonders wichtigen Projekten herangezogen werden. Das ist ein Beweis dafür, dass die Chefs einen tollen Job tun: als Führungskräfte, als Vermögens-Berater.

Anfänglich hatten auch die Mitarbeiter von der sogenannten Basis Probleme. Sie mussten erst ihre große Scheu ablegen, in Gegenwart des Vorstands ihre Meinung vorzubringen. Das hat sich aber gelegt. Schließlich sind sie mündige Erwachsene, die was zu sagen haben.

Sogar die deutschen Regierungs-Chefs arbeiten immer mehr mit der *APO*. Sie umgehen mit Experten-Kommissionen wie *Hartz* oder *Rürup* ihre eigene Ministerial-Bürokratie. Für das Kürzel APO gibt es zwei Übersetzungen: *außer-parlamentarische Organisation* oder *alltägliche Projekt-Organisation*. In beiden Fällen ist sie ein beliebtes Mittel der obersten Chefs, wieder führungsfähig zu werden und sich von der Umklammerung ihrer mittleren Führungs-Schicht zu befreien.

Vorbild in Bildung

Es war einmal eine Schulleiterin in Wiesbaden, die nahm das Zitat von Albert Einstein sehr ernst: »Phantasie ist wertvoller als Wissen.« Die Schülerinnen und Schüler sollten an ihrer Schule Theaterspielen lernen – unter Anleitung eines professionellen Regisseurs. Der allerdings kostete Geld. Auch der Umbau der Aula in ein Theater. Ohne Moos nix los! Doch Frau Riedel hatte Phantasie. Sie erklärte kurzerhand: »Wir sparen das Geld für die Putzkolonnen und die Schüler putzen ihre Schule selbst. Es ist ja schließlich ihre Schule!«

Ein Sturm der Entrüstung brach los: »Meine Kinder putzen nicht! Die sind zum Lernen in der Schule und nicht zum Putzen!«
Die Dienstleistungs-Gewerkschaft protestierte gegen den Abbau von Arbeitsplätzen im öffentlichen Sektor: »Wenn diese Schule Schule macht, dann verlieren wir unsere Mitglieder.«
Der Stadtkämmerer hatte eine ganz einfache Antwort: »Nein!« Im städtischen Haushalt war zwar Geld fürs Putzen aber nicht fürs Theater. Er machte Theater und belehrte: »Das Geld kann man nicht einfach anders verwenden. So verlangt es die Kameralistik seit Hunderten von Jahren.«

An all diesem Widerstand wuchs der Wille der standhaften Lady. »Geht nicht? – Gibt's nicht!« Das Ergebnis macht Mut. Die Schule hat jetzt ihr Theater und ist dauernd in der Presse. Der Regisseur begeistert die Schüler. Die Schüler sind stolz auf ihre innovative Schule und sorgen selbst für Ordnung und Sauberkeit. Vertrauen in die Schüler verleiht Flügel – nicht nur auf der Bühne. Auch der Unterricht wurde revolutioniert: Lehrer-Teams, Projekt-Unterricht und Selbst-Verantwortung beim Lernen. Das Geheim-nis der standhaften Lady: »Unser Oberschulrat hat soviel Arbeit mit all seinen Schulen. Deshalb belasten und belästigen wir ihn nicht mit unseren Anliegen und Fragen. Wir entscheiden einfach selbst. Deswegen kommt er auch gerne zu uns zu Besuch.« Dieser Ruf verpflichtet. Die Helene-Lange-Schule in Wiesbaden wurde zur Vorzeige-Schule für Innovation im Bildungswesen – nicht nur in Hessen, sogar in Europa. Es klingt wie ein Märchen, ist aber kein Märchen. Hoffentlich ist es auch kein Märchen, dass diese Schule schon Schule macht – nicht nur an Schulen.

Ein neuer Wind weht durch unsere Schulen und Universitäten. Unternehmer-Haltung zahlt sich aus. Leistung soll sich lohnen, auch bei Lehrern und Professoren. Die entdecken ihre wahren Arbeit-Geber, ihre Kunden: die Studenten, die Schüler und deren zukünftige Firmen. Große Zweifel werden laut: »Müssen Pro-fessoren und Lehrer wirklich Beamte sein?!«

Das Land Sachsen hat das schon geklärt. Lehrer sind dort keine Beamten und werden nach ihrer Schul-Leistung bezahlt. Nichts ist unmöglich – in Deutschland! Sogar dass Eltern ehrenamtlich in der Schule unterrichten. Gelebte Selbst-Verantwortung!

Die privaten Hochschulen sind beim Ranking deutlich Spitze. Internationales Studieren und Verbund-Studiengänge gewinnen an Attraktivität. Studenten wollen »Gesamt-Zusammenhänge« verstehen und das im kleinen blauen Dorf. Fachidioten sind out! Was gute Lehrer schon immer getan haben, das üben jetzt immer mehr: Die Schule spannend machen. Raum schaffen für die natürlichen Kräfte: Neu-Gier (Gier auf Neues), »Lust auf Leis-tug« und »Be-Halten durch Be-Greifen«. Das bringt Leistung und Erfolg. *Die Schule als »Erlebnispark« für Geist und Seele.*

Hessen gründet im Rheingau sogar eine Schule für Hochbegabte ein Elite-Internat. Das Wort »Elite«, das ist kein Un-Wort mehr. An Schulen und Hochschulen werden schon viel mehr die Talente aus-gebildet und die Jugend auf-gerichtet statt unter-richtet. Wo früher gerne Autoritäts-Angst gezüchtet wurde, dort wird jetzt Mut gelehrt. *»Trau Dich!«*

Eine sehr positive Veränderung ist bei den Lehrkräften zu bemer-ken. Sie sind wieder stolz auf ihren Beruf. Sie beherzigen, was Theodor Heuss gesagt hat: »Ein Finanzrat darf verdrossen sein, aber nicht ein Studienrat! Der eine sitzt oft über unfrohen Akten, der andere steht vor Kinderseelen, die froh sein wollen.«

Keine Globalität ohne Urbanität

Ein Baum braucht starke Wurzeln, wenn er gen Himmel wachsen will. Ein Unternehmen braucht starke Wurzeln in seinem Land, wenn es die Welt erobern will. Und ein Mensch braucht starke Wurzeln in seiner Familie, seinem Freundeskreis und seiner Gemeinde, wenn er in der globalen Wirtschaft seinen Mann oder seine Frau stehen will. In stürmischen Zeiten wird ein sicherer Hafen immer wichtiger, aus dem man startet und in den man wieder zurückkommen kann: sein Heim und seine Heimat.

Trotz aller technischer Kommunikationsmittel ist die persönliche Begegnung mit vertrauten Menschen durch nichts zu ersetzen: in der Familie, in der Stadt, aber auch innerhalb der Unternehmen.

Das Wort »Kommunikation« leitet sich ab von dem lateinischen »communicare«. Und das heißt: »sich besprechen mit« und »Mitglied einer Gemeinschaft sein«. Die Begriffe Community und Kommune machen den Zusammenhang deutlich. Die Familie ist und bleibt die Keimzelle und das Kernstück einer Gesellschaft. In ihr werden Solidarität, gegenseitige Hilfe, soziales Verhalten und Verantwortungsbewußtsein gelebt und lebendig. Vorausgesetzt der Staat zerstört nicht die Familienbande – wie damals in der DDR und heute unser (Un-)Sozialstaat!

Die wichtige Bedeutung der Familie für unsere Zukunft wird wieder erkannt und anerkannt. Der Düsseldorfer Architekt Professor Thesing hat zukunftsweisende Konzeptionen für das optimale Zusammenwohnen mehrerer Generationen entwickelt und gebaut. Großfamilie und Nachbarschafts-Hilfe bekommen wieder Renaissance: privater Generationen-Vertrag statt staatlicher.

Im schwäbischen Riedlingen geht man einen anderen erfolgreichen Weg. Die *Seniorengenossenschaft e.V.* organisiert betreutes Wohnen nach dem Prinzip der Tauschwirtschaft – Zeit gegen Zeit. Jeder tut für die Gemeinschaft was er kann: Behinderte zum Arzt fahren, Wasserleitung reparieren oder Bettlägerigen vorlesen. Ein 81-jähriger Senior fährt das Mittagessen aus. Für diese Arbeiten gibt es kein Geld, sondern Gutschriften auf dem persönlichen Zeitkonto. Wer anderen eine Stunde hilft, der hat auch Anspruch auf eine Stunde Hilfe. Raiffeisen wird wieder lebendig.

In Japan funktioniert dieses System schon seit Jahrzehnten, sogar über Generationen hinweg. Hier helfen auch Jugendliche ohne Bezahlung und bauen sich mit »Jikanyotaku« (Zeit-Auftrag) die Grundlage für ihre eigene Altersvorsorge.

Jeder braucht eine Heimat, auch wenn die Welt zum Dorf wird – oder gerade deshalb. »ubi bene, ibi patria,« sagen die Lateiner. *Wo es mir gut geht, da ist meine Heimat!* Sorgen wir dafür, dass es unserem Land (wieder) gut geht, dass wir alle Lust auf dieses Land haben und dass wir stolz auf Deutschland sind. Dann haben auch die anderen Bewohner des globalen Dorfes Lust auf Deutschland und sind stolz auf das, was sie von Deutschland gekauft haben. Die stolzen Besitzer deutscher Autos in der ganzen Welt geben ein lebendiges, positives Beispiel.

Gerüchte, Gerüchte, Gerüchte

Am Vorabend der mit Spannung erwarteten Konferenz brodelt die Gerüchte-Küche, nicht nur in Berlin, nein, in ganz Deutschland. Es gibt Gerüchte, dass sich in unserer Republik Unglaubliches getan hat und noch tut:

Die Gewerkschaften wollen den Menschen jetzt nicht mehr vor sich selbst schützen und vor seiner Selbst-Ausbeutung. Sie ermutigen ihn jetzt, sein Leben selbst in die Hand zu nehmen. Es soll tatsächlich erste Fusions-Absprachen zwischen Gewerkschaften und Arbeitgeber-Verbänden geben. Allerdings nur ganz geheim zwischen den beiden Spitzen-Funktionären. Es geschah, wie alle Absprachen, in der Pause einer Tarifverhandlung auf der Herren-Toilette bei dem männlichen menschlichen Erleichterungs-Ritual.

Ein ganz neues Gerücht betrifft die Renten-Problematik. Die Regierung will ein deutliches Zeichen in Richtung »Beziehungs-Solidarität« setzen: Wenn sich ein berufstätiges Ehepaar ver-pflichtet, einen ihrer Eltern bis an sein Lebensende zu versorgen, und wenn dieses Elternteil auf seine Rente verzichtet, dann brauchen beide Berufstätigen keine Rentenbeiträge zu zahlen. Ihre Arbeitgeber-Beiträge erhalten sie steuerfrei auf ihre Gehälter. Aber dies sind nur Gerüchte.

Keine Gerüchte sind, dass wir noch neunzig Ministerien haben und unzählige nachgeordnete Dienststellen mit insgesamt 50.000 Ministerial-Beamten, und dass etwa siebzig Prozent unserer Abge-ordneten in Berlin Beamte sind oder Angestellte im öffentlichen Dienst. Zählt man noch die Verbands-Funktionäre hinzu, dann bekommt man wirklich einen Schrecken.

Es ist auch kein Gerücht, dass ein Elektriker vier Stunden arbeiten muss, um sich eine Stunde Installateur »auf Rechnung« leisten zu kön-nen. Er selbst bekommt netto etwa EUR 10,-- pro Stunde, muss aber für den Installateur EUR 40,-- bezahlen. Kein Wunder, dass Schwarz-arbeit blüht und wir überall zur Tausch-Wirtschaft zurückkehren.

Vielleicht ist es kein Gerücht, dass sich unser Staat wie ein Vater verhält, der seine Kinder zwingt, die Füße unter seinen Tisch zu stellen – ihr Leben lang. So behält er die Macht, und die Kinder müssen ihr hart verdientes Geld abliefern. Und dann schimpft Vater Staat noch: »Werdet endlich erwachsen und sorgt für Euch selbst!«

Vielleicht ist es auch kein Gerücht, dass dadurch eine Neid-Gesellschaft gezüchtet wird. Wenn alle alles vom Vater bekommen, achten die Kinder natürlich darauf, dass keiner bevorzugt wird. Keiner darf mehr haben als die anderen. So wachsen Neid und Missgunst.

Es ist bestimmt nur ein Gerücht der Politiker, dass die Bürger die volle Wahrheit nicht verkraften und dass sie die Problematik unseres Sozialstaats nicht erkennen.

Es ist kein Gerücht, dass die Politiker mehr Selbst-Verantwortung von den Bürgern fordern. Es ist aber ein Gerücht, dass den Bürgern dafür die finanziellen Mittel gelassen werden.

Es ist kein Gerücht, dass die Umsetzung der Hartz-Vorschläge Arbeitsplätze schafft: über 1.000 in einer Behörde zur Verwaltung der Mini-Jobs und 12.000 in der Bundesanstalt für Arbeit.

Es ist kein Gerücht, dass »die Renten sicher sind« – für die jetzigen Rentner, aber nicht für die nächsten Generationen.

Es ist auch kein Gerücht, dass nur noch drei Prozent der Deutschen Vertrauen in die politischen Parteien haben. Dem ADAC vertrauen dagegen vierundsechzig Prozent. Vielleicht sollte der Kanzler besser mit dem ADAC regieren.

Es gibt sogar das Gerücht, dass gegen die noch andauernde Belastung und Bevormundung der Bürger anlässlich der Konferenz in Berlin demonstriert werden wird. Man erwartet Hunderttausende von Demonstranten. Die ersten Spruchbänder sind schon gesichtet worden:

» Wir sind der Staat!«
» Wir sind das Volk!«
» Wir wollen Freiheit!«
» Wir wollen unser Geld!«
» Der Zehnte ist genug!«

Turn-Around Deutschland!

Jetzt jährt sich die historische *Zukunfts-Werkstatt* zum erstenmal. Jetzt wird Bilanz gezogen. Was haben die vielen Steuer-Erleichterungen und die Senkungen der Sozial-Abgaben gebracht?

Jetzt werden die Politiker an ihren Taten gemessen und nicht nur an ihren Worten! Ganz Deutschland ist gespannt auf die Zusammenfassung der ersten Ergebnisse und auf die neuen Vorschläge.

Alle arbeiten mit Hochdruck daran, dem Ruck vor einem Jahr neue Energie zu geben, auch wenn es manchmal nur zäh voran geht. »Es ist so bequem, unmündig zu sein«, sagt Immanuel Kant. Aber Selbst-Verantwortung macht stolz und Selbst-Vertrauen gibt Kraft. Deutschland dreht sich!

Vieles wurde nach der ersten Konferenz auf den Weg gebracht, einiges mit großem Erfolg realisiert. Besonders berühmt wurden einige Bürgermeister und Firmenchefs, die sich einen Beraterkreis von Kindern und Jugendlichen eingerichtet haben. Sie profitieren immer davon.

Überall machen sich die Menschen gegenseitig Mut, Zivilcourage zu wagen. Bürger-Mut bringt mehr Demokratie in die Gesellschaft. Den Ängstlichen, den Zauderern und Bedenkenträgern wird entgegen geschleudert: »Besser ein Ende mit Schrecken als ein Schrecken ohne Ende!« Die deutschen Stärken sind wieder aktiviert: Unternehmergeist und die Bereitschaft zu helfen – fast wie 1945. Der »*Zehn-Prozent-Staat*« wird mehr und mehr zum geflügelten Wort. Er ist in aller Munde – als attraktive Vision. Ein Ziel, das der arbeitenden Bevölkerung die deutliche Steigerung ihres Netto-Einkommens verheißt: 100 Prozent mehr! Jetzt gibt es nicht nur Verlierer wie bei der »Agenda 2010«. Jetzt gibt es viele, sehr viele Gewinner.

Der Turn-Around macht die »staats-tragenden Kräfte« zu Gewinnern: die 35 Millionen Erwerbstätigen samt ihren Familien, die kleinen und mittelständischen Unternehmen. Mehr als 60 Millionen Gewinner. Das Ziel ist wirklich attraktiv:

- Die Wirtschaft bekommt wieder Schwung zu deutlichem Wachstum. Fünf oder sogar zehn Prozent sind drin.
- Die Anzahl der Arbeitsplätze explodiert, besonders in den Familien und Haushalten.
- Die Steuerhinterziehung lohnt sich nicht mehr. Viel Energie und Kreativität kommen jetzt dem Wachstum zugute.
- Die Belastung der jungen Generationen wird erträglich, und die Verschuldungs-Spirale wird gestoppt.
- Die Finanzierung des Turn-Arounds Deutschland geschieht durch Verkauf und Privatisierung des gigantischen Staats-Vermögens.

Der Mensch wehrt sich bekanntlich gegen jede Veränderung. Es sei denn, er ist von dem Ziel der Veränderung fasziniert. Dann werden Kräfte mobilisiert: bei ihm selbst und im ganzen Staat. Gandhi hat die Kräfte der Inder aktiviert. Kennedy brachte mit der Idee »Ein Amerikaner betritt den Mond« die USA in Bewegung und Gorbatschow mit Glasnost und Perestroika ganz Europa.
Die TERGA-Leute haben den Deutschen geholfen, eine faszinierende Vision zu schaffen. Jetzt sind sie gespannt, was in Deutschland daraus geworden ist. Die Steuern wurden schon um 30 Prozent gesenkt. Der Sozialstaat versteht sich nicht mehr als Helfer in allen Alltags-Nöten, sondern nur noch als Retter in

höchster Not. Die Regierung will den Bürgern weniger Sicherheit geben, dafür aber mehr Chancen. Und das Rentensystem ist als betrügerisches »Kettenbrief-Modell« entlarvt und verboten worden.

Als Symbol des Turn-Arounds Deutschland wurde auch die deutsche Flagge gedreht. Schwarz ist jetzt unten und die goldene Perspektive oben: *Schwarz* für die dunkle Zeit der Bevormundung, *Rot* für den Mut unserer Herzen und *Gold* für unsere Zukunft in Freiheit und Selbst-Bestimmung. *(Siehe auch Titelgestaltung)*

Zum Planeten TERGA sind die Leitungen geschaltet. Pünktlich um 9.00 Uhr stoppt in ganz Deutschland der Verkehr. In Fabriken und Büros, in Schulen und Familien, überall legen die Menschen eine Gedenkminute ein – nicht für die Vergangenheit, sondern für ihre Zukunft. 80 Millionen Deutsche konzentrieren ihre Gedanken auf positive Bilder von Freiheit, Selbst-Bestimmung und dem »Zehn-Prozent-Staat«. Diese gigantische positive Energie beflügelt auch die 10.000 Konferenz-Teilnehmer. Pünktlich um 9.00 Uhr beginnen an einhundert Orten die Konferenzen mit denselben einleitenden Worten:

> *»Alles hat seine Zeit.*
> *Alles braucht seine Zeit.*
> *Jetzt **ist** die richtige Zeit!«*

Noch eine Bitte

Zum Abschluss haben die Teilnehmer der Zukunfts-Werkstatt noch eine Bitte an Sie, die Leserin und den Leser:

Wir sind auf der Suche nach weiteren positiven Beispielen für das aufblühende Deutschland und für Deutsche, die ihren Kokon durchbrochen haben.

Wenn Sie solche mutmachenden Beispiele kennen, schreiben Sie bitte ein kurzes Mail an den Autor oder den Verlag. Die Informationen werden gesammelt und an die Zukunfts-Werkstatt weitergegeben.

e-mail Autor: info@juergen-fuchs.de

e-mail Verlag: europamagazin@who-magazine.com

Wo Schatten ist, da gibt es auch immer Licht.

Schaffen wir Licht-Blicke.

Blicken wir auf das Licht.

Haben wir Mut und machen wir Mut.

Strahlen wir Optimismus aus und wirken wie eine Kerze, an der sich andere entflammen können.

Dann haben wir bald alle mehr zu lachen.

Denk-Anstössiges

Wer sich nicht selbst befiehlt,
bleibt ewig Knecht.

Johann Wolfgang von Goethe

Die wirkliche Entdeckungsreise
besteht nicht in dem Sehen neuer Länder,
sondern im Schaffen neuer Augen.

Marcel Proust

Verloren ist alles, sobald man Mutlosigkeit blicken lässt.
Nur die Zuversicht, die man selbst zeigt,
kann Vertrauen entflammen.

Friedrich Schiller

Mit Träumen beginnt
die Realität.

Daniel Goeudevert

Irrlehren der Wissenschaft brauchen fünfzig Jahre, bis sie durch
neue Erkenntnisse abgelöst werden, weil nicht nur die alten
Professoren, sondern auch deren Schüler aussterben müssen.

Max Planck

EPILOG

Wie das Menschenbild
die Organisation bestimmt

»Wir arbeiten in Strukturen von gestern
mit Methoden von heute
an Problemen von morgen
vorwiegend mit Menschen,
die die Strukturen von gestern gebaut haben
und die das Morgen innerhalb der Organisation
nicht mehr erleben werden.«
(Prof. Dr. Knut Bleicher)

Menschenbild und Organisation

Seit Jahrhunderten bestimmt das Menschenbild die Struktur und das Selbstverständnis von Organisationen: unmündige Menschen werden anders geführt als mündige. Dies gilt in Staaten und in Unternehmen. Alle Staatsphilosophen von Platon über John Locke und Adam Smith bis zu Max Weber, sie alle beschreiben diese Zusammenhänge und machen deutlich, dass es keine absolut richtige Organisationsform gibt: sie hängt vom Ausbildungs- und Wissensstand der Menschen ab. Je unmündiger die Bürger, desto dominanter muß der Staat sein. Ähnliches gilt für Unternehmen: je niedriger das Bildungs-Niveau der Mitarbeiter und das Anspruchs-Niveau der Arbeit, desto mehr muß kommandiert, kontrolliert und korrigiert werden.

Liebe Leserin, lieber Leser, im Folgenden haben Sie die Möglichkeit, anhand von Übungen und Grafiken sich Ihre eigene Meinung über diese Wirkzusammenhänge und über unsere Realität in Deutschland zu machen. Die Inhalte sind grob und überzeichnet. Sie polarisieren bewußt im Schwarz-Weiß-Stil. Sie sollen die Unterschiede deutlicher herausarbeiten.

Ein paar Übungen können Ihnen helfen, Antworten zu finden auf Fragen wie zum Beispiel: Welches Menschenbild prägt das Handeln unserer Politiker, Verbände und Unternehmen? Passen unsere heutigen Strukturen und Organisationsmuster zu dem Ausbildungs- und Bildungsstand der Menschen in Deutschland? Bringen diese Systeme die menschlichen Potenziale voll zur Geltung und zur Entfaltung? Gibt es überhaupt passende Organisationsstrukturen für gut ausgebildete, mündige Menschen?

Übung 1:

Menschenbild

Auf welchem *Menschenbild* beruht unser heutiger Staat und Ihr Unternehmen, in dem Sie arbeiten?

Markieren Sie bitte auf der folgenden Skala Ihre Meinung und Ihr persönliches Empfinden.

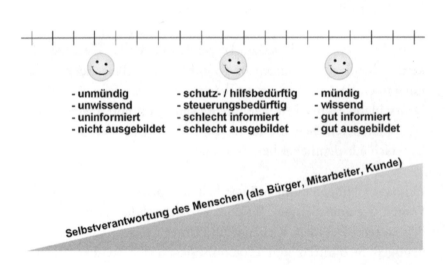

Übung 2:

Organisations-Typen

Die folgende Abbildung zeigt *vier organisatorische Grundtypen* für soziale Systeme zum Beispiel Staaten oder Unternehmen.

Notieren Sie auch hier auf der Skala, welches Organisations-Modell Sie in Deutschland und in Ihrem Unternehmen als dominant wahrnehmen.

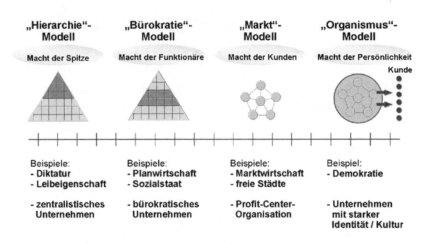

Übung 3:

Vertiefung der vier Organisations-Modelle

Zum *vertiefenden Verständnis dieser vier Modelle* können Sie die Fragenkomplexe in den nächsten Abbildungen bearbeiten. Dabei werden sich einige Erkenntnisse ergeben:

1. Jedes Modell hat Vor- und Nachteile.

2. Das *passende* Modell ist die Voraussetzung für Wirtschaftlichkeit und Zukunftsfähigkeit des Systems.

3. Das *unpassende* Modell ist die Garantie für Unwirtschaftlichkeit, Störung und Zerstörung des Systems.

4. Heute arbeiten wir noch zu häufig mit Modellen aus der frühindustriellen Zeit. Solche Modelle behindern aber unseren Weg zur Wissens-Gesellschaft. Ja, sie können ihn sogar verhindern.

1. Menschen und Karriere

1.1 Menschenbild, das dem Modell zugrunde liegt.

1.2 Ausbildungs-/Bildungs-Niveau der Menschen.

1.3 Informations-Möglichkeiten der Menschen.

1.4 Pflichten der Menschen.

1.5 Rechte der Menschen.

1.6 Was bedeutet „Karriere" in dem Modell?

1.7 Welches sind die typischen Insignien der Karriere (Status-Symbole)?

1.8 Was passiert, wenn die Menschen informierter und wissender werden?

2. Machthaber und Führung

2.1 Wer hat die Macht in dem Modell?

2.2 Was sind die äusseren Zeichen der Macht?

2.3 Wie verhalten sich die Menschen gegenüber den Machthabern?

2.4 Selbstverständnis von Führung.

2.5 Selbstverständnis der Führungs-Kräfte.

2.6 Typisches Führungs-Verhalten.

2.7 Aufgabe von Richtlinien, Regeln, Normen, Ritualen und Spielregeln.

3. Identität und Stolz

3.1 Wie wird in dem Modell Identität geschaffen?

3.2 Was gibt dem Gesamt-System die Identität?

3.3 Was sind die typischen Identitäts-Symbole?

3.4 Worauf sind die Menschen in dem System stolz?

3.5 Was sind die Haupt-Motivatoren für die Menschen, in dem System zu bleiben?

3.6 Was sind die Haupt-Motivatoren für die Menschen, das System zu verlassen?

3.7 Warum kooperieren die Menschen in dem System?

4. Kunden und Wirtschaftlichkeit

4.1   Welche Bedeutung haben Kunden für das System?

4.2   Wer steuert die Leistungen des Systems?

4.3   Welche Bedeutung hat Wirtschaftlichkeit für das Denken und Handeln der Menschen?

4.4   Wird Wettbewerb gefördert?

4.5   Wird Anpassung an veränderte Bedingungen gefördert?

4.6   Wird der Wissenszuwachs des Einzelnen gefördert?

4.7   Wird Wissenstransfer gefördert?

4.8   Wird Kooperation zwischen den Einzelnen gefördert?

4.9   Kann das Ganze mehr als die Summe der Teile sein?

5. Bewertung des Modells

5.1   Stärken des Modells.

5.2   Schwächen des Modells.

5.3   Wann eignet sich das Modell sehr gut?

5.4   Wann eignet sich das Modell überhaupt nicht?

5.5   Musterbeispiele des Modells in Staat und Gesellschaft.

5.6   Musterbeispiele für das Modell bei Unternehmen.

5.7   Beispiele für Katastrophen mit dem Modell in Staat und Gesellschaft.

5.8   Beispiele für Katastrophen mit dem Modell bei Unternehmen.

Der in Deutschland notwendige Wandel von den Pyramiden-Strukturen, in Netz-Strukturen ist nicht einfach, weil wir alle mit unseren Organisationsbildern, Wertesystemen, Führungs- und Karriere-Vorstellungen in der »alten Welt« sozialisiert sind. Für diese »Welt« gibt es perfekte Systeme. Solche Systeme machen keine Fehler, sie *sind* Fehler. Die Tarifsysteme zum Beispiel sind ein Relikt aus der frühindustriellen Zeit, bestimmen aber heute noch unseren Arbeitsalltag.

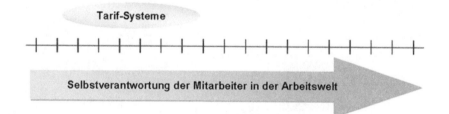

Übung 4:

Die Rolle des Staates

Welche Rolle sollte der Staat heute übernehmen? Wie könnten Sozialsysteme aussehen, die dem heutigen Menschenbild Rechnung tragen? Welche Aufgaben gibt es in Zukunft für die Gewerkschaften?

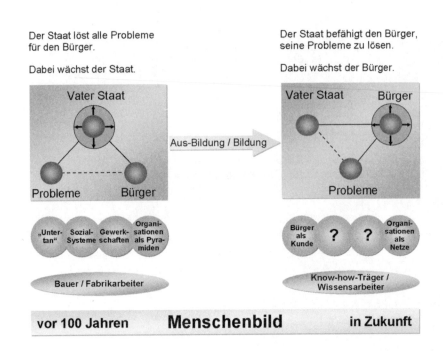

Übung 5:

Die »passende« Organisations-Struktur

Die folgende Grafik stellt zwei Extrem-Modelle gegenüber.

Markieren Sie, wo sich zur Zeit *Ihr Unternehmen* auf der Skala befindet und wo es *in etwa fünf Jahren* stehen muß, um konkurrenzfähig zu sein.

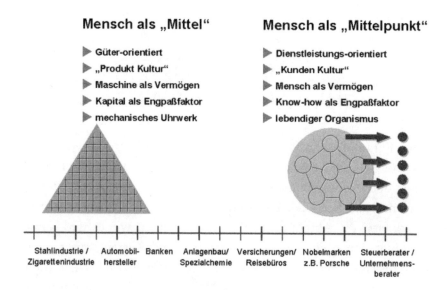

Modelle, Muster, Machtstrukturen

Das Zusammen-Wirken einzelner Menschen zu einem gemeinsamen Ganzen steht im Mittelpunkt aller Organisationsmodelle in Wirtschaft und Gesellschaft. In der Rückschau haben sich vier Grundmuster bewährt:

- Die *Hierarchie*, »um einen zentralen Willen durchzusetzen« (Max Weber).
- Die *Bürokratie* für den »regelgebundenen Betrieb von Amtsgeschäften« (Max Weber).
- Der *Marktplatz* als effiziente Form der spontanen Zusammenarbeit.
- Der *Organismus*, der uns zeigt, wie das Ganze mehr sein kann als die Summe der Teile.

Die Pyramide
(Hierarchie und Bürokratie)

Eine Pyramide schafft Klarheit darüber, wer oben und wer unten ist, zur Zeit der Leibeigenschaft und auch heute noch. Der Kasten ganz oben kennzeichnet die Unternehmensführung, die Kästchen darunter die Bereiche. Die zahlreichen Kleinstkästchen darunter markieren die Abteilungen, die sich ab-teilen, wie es der Name verlangt. Doch eines ist klar, Kästchen und Kästen weiter oben signalisieren: Der hat mehr Macht, der hat mehr Menschen unter sich, der ist für Staat, Amt oder Unternehmen bedeutsamer, der bekommt mehr Geld, einen Dienstwagen und ein Eckzimmer. Nur einer kommt in diesem Diagramm nicht vor: *der Kunde*.

Die Lehenspyramide

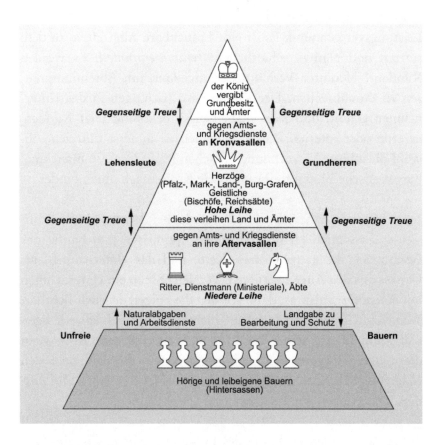

der König
vergibt
Grundbesitz
und Ämter

Gegenseitige Treue   *Gegenseitige Treue*

gegen Amts-
und Kriegsdienste
an **Kronvasallen**

Lehensleute   Grundherren

Herzöge
(Pfalz-, Mark-, Land-, Burg-Grafen)
Geistliche
(Bischöfe, Reichsäbte)
Hohe Leihe
diese verleihen Land und Ämter

Gegenseitige Treue   *Gegenseitige Treue*

gegen Amts- und Kriegsdienste
an ihre **Aftervasallen**

Ritter, Dienstmann (Ministeriale), Äbte
Niedere Leihe

Naturalabgaben   Landgabe zu
und Arbeitsdienste   Bearbeitung und Schutz

Unfreie   Bauern

Hörige und leibeigene Bauern
(Hintersassen)

»Ganz oben sitzen Kaiser und König.
Dann kommen die Kronprinzen und Lehensleute,
danach die Wasserträger, dann die Erbsenzähler.
Ganz unten sind die, die wirklich arbeiten.«

Eric J. Lejenne, Consumer Electronics, 1990

Der Marktplatz

Das Bild des *Marktplatzes* als Modell für ein Unternehmen wird schon häufig benutzt. Man führt Profit Center ein und interne Leistungsverrechnung. Es ist eine brauchbare Alternative zu dem starren und planwirtschaftlichen *Pyramidenmodell.* Es werden Kunden-Lieferanten-Verhältnisse aufgebaut, um Abteilungsgrenzen zu durchbrechen. Der Kunde wird sozusagen in das Unternehmen geholt, und jeder Arbeitsplatz bekommt jetzt Kunden, externe oder interne. Dieses Vorgehen ist äußerst hilfreich, obwohl die interne Verrechnung zwischen Profit Centern manchmal bürokratische Blüten treibt und viele Kräfte nach innen bindet.

Jeder kennt in seinem Umfeld Beispiele, bei denen sich die Profit Center ausschließlich für sich selbst optimieren und häufig das Gesamtziel, die ganze Prozess-Kette und das Unternehmen als Ganzes aus den Augen verlieren. Vergleicht man ein Unternehmen mit einem Organismus, dann werden die Folgen deutlich sichtbar: Wenn im Körper der Magen möglichst viel und schnell erledigen will, kann das aus seiner isolierten Sicht sinnvoll sein. Aber wenn die anderen Organe das nicht »verarbeiten« können oder den Magen nicht schnell genug »beliefern«, leidet der ganze Organismus. Das erleben wir auch in vielen Unternehmen.

Als erste Weiterentwicklung des Pyramiden-Modells ist das Bild des Marktplatzes auf jeden Fall hilfreich. Es hat aber zwei Nachteile:

- Der Tauschhandel wird zwar optimiert, aber der Marktplatz kümmert sich nicht um die Innovation für die Zukunft.
- Ein Marktplatz hat keine Identität und ist keine Unternehmens-Persönlichkeit.

Der Markt ist das ideale Modell für die temporäre oder spontane Zusammenarbeit, z. B. bei virtuellen Unternehmen oder elektronischen Märkten (Netmarkets). Er eignet sich aber nicht für Unternehmen, die sich als ein Ganzes verstehen oder die von den Kunden als Ganzes wahrgenommen werden wollen, als eine attraktive Unternehmens-Persönlichkeit. In diesem Fall braucht man ein neues, weitergehendes Modell, bei dem *das Ganze mehr ist als die Summe der Teile.*

Der lebendige Organismus

Wie wäre es, wenn wir uns Staat oder Unternehmen nicht als Pyramide oder Markt, sondern als einen lebendigen Organismus vorstellen? Vielleicht ist das ein realistischeres Abbild dessen, was in einem Unternehmen wirklich läuft oder wie es laufen sollte. Die einzelnen Organe erbringen Leistungen füreinander: Die Produktion für den Vertrieb, der Einkauf für die Produktion und alle gemeinsam für den Kunden – ihrem Arbeitgeber, der ihnen die Arbeit gibt. In diesem Organismus ist einerseits klar, wer für wen Leistung erbringt und wer wessen Kunde ist, sowohl extern als auch intern. Andererseits wirkt das Unternehmen als Ganzes am Markt, schafft Vertrauen und vermittelt mit seiner »Aura« ein Leistungsversprechen, das es dem Kunden leicht macht, bei ihm zu kaufen. Es ist für ihn attraktiv und er vertraut ihm.

Ein lebendiger Organismus ist ein Verbund von Organen und Zellen, die über ein Netzwerk von Nerven und Hormonen miteinander kommunizieren. Beim Organismus wird echte Arbeitsteilung praktiziert, mit einer echten »Vertrauensorganisation«. Jedes Organ arbeitet im Vertrauen darauf, dass auch die anderen »ihren Job tun«.

Kein Organ fühlt sich einem anderen überlegen, keines ist höher als das andere, aber jedes trägt ein großes Stück Verantwortung. Und ob Herz, Lunge, Nieren, Augen, Gehirn oder die Haut: Keines kann ohne das andere existieren.

Die einzelnen Organe haben auch keinen Ehrgeiz, übermäßig zu wachsen, außer bei Krebs. Bei Störungen, Angriffen oder Gefahren wird nicht ein Schuldiger gesucht, der gegen eine Regel verstoßen hat. Sondern über schnelle Regelkreise gesteuert, versuchen alle gemeinsam, das Problem zu lösen. Es gibt keinen obersten Befehlshaber, dem alle zu gehorchen haben, keine Bürokratie und keine Bürokraten. Netzwerke, Rückkopplung und Selbstorganisation sind die Geheimnisse des dynamischen Gleichgewichts der Natur.

Die lebenswichtigen Funktionen sind stark dezentralisiert in Organen, die weitgehend autonom arbeiten. Das Gehirn steuert nicht alle lebenswichtigen Funktionen. Das Herz zum Beispiel gibt sich mit dem Sinnesknoten am Herzmuskel selbst die Befehle, nicht das Gehirn.

Das Unternehmen als lebendiger Organismus? Nur eine verrückte Idee oder ein sinnvolles, wenn auch noch unübliches Bild für das, was ein Unternehmen wirklich ist? Wir wissen doch alle, dass ein Unternehmen ein »Immunsystem« hat. Wenn ein »Neuer« rein kommt, wirkt er wie ein Fremdkörper. Erst kommen die »weißen Blutkörperchen« und testen ab, ob er wohl sinnvoll passt. Wenn er den Test besteht, wird er in den Organismus eingebaut. Wenn nicht, gibt es eine »Entzündung«. Die Durchblutung steigt. Die Abwehrkräfte sind am Werk. Der Eindringling wird abgestoßen. Zurück bleibt eventuell nur eine kleine Narbe.

Wir vergleichen auch unbewusst ein Unternehmen oft mit einem Menschen und geben ihm eine Persönlichkeit: Es hat eine Ausstrahlung. Es wirkt sympathisch. Es ist aufgeschlossen und innovativ oder es gibt sich arrogant.

Vielleicht ist die Natur ein guter Lehrmeister – auch für Unternehmen. Seit Jahrmillionen hat die Natur überlebt, weil sie lernfähig ist, weil sie sich flexibel den wandelnden Bedingungen angepasst hat und weil sie die enorme Komplexität in einem Organismus durch schnelle Rückkopplungssysteme und Selbstorganisation im Griff behält.

So beschäftigt das »Unternehmen Mensch« circa 100 Billionen Zellen als »Mitarbeiter« und schafft es auf bemerkenswerte Weise, dass die Zusammenarbeit der Zellen reibungslos klappt. Die rechte Hand weiß sogar, was die linke tut. *Schnitt-Stellen* gibt es nicht. Der Körper kennt nur Synapsen, Naht-Stellen, Verbindungen und Kontaktpunkte.

Bezeichnenderweise leiten sich die Begriffe »Organigramm« und »Organisation« von dem Wort »Organismus« ab. Und »organisieren« hieß früher »etwas zu einem lebensfähigen Ganzen zusammenfügen«. Der englische Philosoph und Politiker John Locke hat im 17. Jahrhundert den Staat als Organismus beschrieben – mit seinen »Staats-Organen«.

Das neue Organigramm:
Der Organismus und seine Organe

Bei der Darstellung eines Unternehmens empfiehlt es sich, auf die klassischen Kästchen und Matrizen zu verzichten. Die betonen das Trennende und die *vertikalen Macht-Beziehungen*. Besser geeignet ist das Bild eines Unternehmens als Verbund von sogenannten »Leistungszentren« mit ihren Leistungen für ihre externen und internen Kunden. So werden die horizontalen Leistungs-Beziehungen deutlich. Das Zusammenwirken als Ganzes wird betont.

Jetzt haben alle das ganze Unternehmen im Blickfeld. Die Leistungsprozesse quer durch das Unternehmen bis hin zum Kunden werden erkennbar. Dies fordert und fördert ganzheitliches Denken als Voraussetzung für die längst überfällige Flexibilisierung. Der Blick aufs Ganze hilft der Unternehmensleitung und jedem Mitarbeiter auf dem Weg zu kundenorientierten und lebendigen Organisationen, bei denen alle im Verbund arbeiten und die rechte Hand weiß, was die linke tut.

Diese *Leistungs-Landkarte* erleichtert den Überblick über das ganze Unternehmen und erlaubt jedem Mitarbeiter, zu erkennen, für welchen Kunden er arbeitet und welchen Nutzen er persönlich stiftet. Solche »Leistungs-Organigramme« enthalten auch den Arbeit-Geber, den Kunden. In den klassischen »Leibeigenschafts-Diagrammen« kam der Kunde gar nicht vor.

Das Organigramm als »Leistungs-Landkarte«

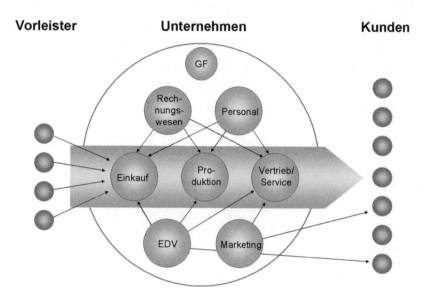

*Dieses Bild zeigt das Unternehmen als Organismus
mit den wesentlichen Organen als sogenannte
»Leistungszentren« (heute heißen sie noch »Abteilungen«).
Die Pfeile stellen die* horizontalen Leistungs-Beziehungen
zu den externen und internen Kunden dar.

Informationstechnik: Das »Nervensystem« im lebendigen Unternehmen

Das Nervensystem spielt in einem Organismus eine besonders wichtige Rolle: Die schnelle Verbindung, die Kommunikation der verschiedenen Funktionen im lebenden Organismus, die blitzschnelle Rückkopplung, die Vernetzung. Als Intelligenz bezeichnet man »Die Fähigkeit zu verstehen, aus Erfahrung zu lernen und sich an die Erfordernisse der Umwelt immer wieder anzupassen«.

Vergleicht man das komplexe Gebilde »Unternehmen«, mit einem lebenden Organismus, dann wird die Bedeutung von Computern und Kommunikationstechnik für die Lernfähigkeit und die Intelligenz eines Unternehmens deutlich.

Das Automobil-Unternehmen Volvo hat das Organismus-Modell schon vor 25 Jahren mit Gruppenarbeit und selbststeuernden Teams einführen wollen. Damals scheiterte das Unternehmen an der fehlenden Informations-Technik: Der »Organismus« Volvo hatte noch kein Nervensystem. Wenn ein Arbeiter vier Räder montieren sollte, und es waren nur drei am Band, stoppte die ganze Produktion, bis er das vierte gefunden hatte. Volvo war mit seinen Vorstellungen ein paar Jahre zu früh.

Doch heute ist die Kommunikations-Technik, das Nervensystem vorhanden. Jetzt braucht man ein Unternehmen nicht mehr wie eine starre Pyramide zu organisieren. Jetzt geht es auch organisch.

Das neue Führen:
Mit Charme, Charakter und Charisma

Es waren einmal zwei reiche Landbesitzer, die kauften sich jeder bei einer Auktion vier junge, rassige Vollblut-Pferde. Die galt es jetzt zu führen. Der eine spannte sie vor eine flotte Sportkutsche, klopfte ihnen liebevoll den Hals, flüsterte ihnen schwärmerisch etwas von einer saftigen grünen Wiese hinter den beiden Hügeln ins Ohr, und ab ging die Post!

Mit leichtem Zügel gab er seine Steuerimpulse, deutlich, aber ganz sanft. Bei jeder ruckartigen Bewegung hätten die Pferde die Kutsche aus der Kurve geworfen. Er verstand es, zu führen, weil er mit klaren Kommandos die Richtung bestimmte und weil er sehr achtsam mit seinen wertvollen Pferden umging. So kam er schnell ans Ziel, auch wenn der Weg sehr kurvig und holprig war – wie das in turbulenten Zeiten halt so ist! Auch für die Dorfbewohner war dieses kraftvolle Gespann eine Augenweide, wenn es mit wehenden Mähnen durch die Landschaft brauste. Es schien, als hätten alle ihre Freude, sogar die Pferde.

Der zweite Gutsherr hatte eine etwas andere Vorstellung vom Führen. Er nahm jedes Pferd an die Kandare, stellte sich vor die vier Pferde, zog die vier Zügel über seine Schulter und hielt sie mit beiden Händen fest. Dann begann er mit aller Kraft zu führen. Schritt für Schritt kämpfte er sich vorwärts, mit den Pferden hinter sich, die wild an ihren Zügeln zerrten.

Ein seltsames Gespann: vorne der Gutsherr, der schnaufte und schwitze, um die Pferde zu bändigen. Dahinter die Vollblüter, die sich wehrten und sogar auf die Hinterbeine stellten. Aber der Gutsherr war sehr stark, zäh und ausdauernd: »Denen werd' ich's schon zeigen, wer hier Herr im Hause ist! Die haben mir zu folgen! Die geben auch noch auf!« Und er behielt recht. Nach vielen Tagen Krampf und Kampf war der Wille der Pferde gebrochen. Sie fügten sich in Ihr Schicksal und trotteten mit hängenden Ohren wie alte Esel hinter dem Gutsherrn her. Und der war richtig stolz! Er hatte wieder gewonnen.

Schließlich war er ja in eine gute Management-Schule gegangen, wo er gelernt hatte, in der Manege zu managen. Diese Schule war 1870 in London gegründet worden, um Zirkus-Direktoren auszubilden. Bei erfolgreichem Abschluss erhielten sie den Titel »Manager«, ein Begriff, der auch außerhalb des Zirkus viele Freunde fand.

Über die Methoden, wie man die Pferde dazu bringt, noch höher, noch weiter, noch schneller zu springen oder zu laufen, gibt es Hunderte von Büchern. In denen wird exakt beschrieben, wie man dressierte Pferde zu gewünschten Leistungen bringt, z.B.:

- Wie man die Kandare in den Kiefer legt, so dass sie richtig schmerzt, wenn das Pferd sich aufbäumt.
- Wie man mit der Peitsche knallt, so dass die Pferde so richtig Angst kriegen.
- Wie man das Pferd mit Zucker motiviert: Viele Stücke riechen lassen, dann alle wegnehmen und nach dem Kunststück nur ein, maximal zwei Stückchen geben. Das macht abhängig, aber nicht satt!

Leider gibt es nur ganz wenige Erkenntnisse und gar keine exakten Methoden, wie man undressierte Pferde führt. In den Überlieferungen vieler Naturvölker finden sich aber einige Hinweise für das erfolgreiche Zusammenleben des Menschen mit seinem ältesten Begleiter:

- Das Pferd akzeptiert Führung, wenn sie Autorität ausstrahlt, aber nicht wenn sie autoritär ist.
- Das Pferd achtet Führung, wenn sie klar und eindeutig ist, aber nicht wenn die führende Hand zittert.
- Das Pferd vergisst nie, wer ihm in bedrohlicher Situation geholfen hat, aber auch nie, wer es verletzt hat.
- Das Pferd hat Lust auf Leistung, aber nicht wenn es dazu gezwungen wird.
- Das Pferd lässt sich von einem Menschen führen, aber nur, wenn es Zeit hatte, mit ihm vertraut zu werden.
- Das Pferd schafft unglaubliche Leistungen, aber nur, wenn es seinem Reiter vertraut. Es geht sogar für ihn, im wahrsten Sinne des Wortes, durchs Feuer. Ohne ihn geriete es dabei in Panik.

Glücklicherweise kennen und beherzigen gute Führungskräfte in Wirtschaft und Politik diese *sechs goldenen Regeln,* die von Wertschätzung und Achtung, von Vertrauen und Vertrautheit zeugen – auch beim Führen von Menschen. Führungskräfte sind eher Animateur als Dompteur. Sie führen mit attraktiven Bildern von der Zukunft, mit spannenden Aufgaben und glaubhaften Werten: Shared Vision, shared mission and shared values. Gemeinsam getragene Ziele und Werte sind ein stabiles Fundament für Wirtschaftlichkeit und Zukunftsfähigkeit eines Unternehmens und eines Staates.

Die Methoden-Gurus aus den »Zirkusdirektoren-Schulen« verlieren hoffentlich bald ihre Jünger, und die Führungskräfte besinnen sich auf ihre eigene Intelligenz. Dann werden sie den Menschen Mut machen, Orientierung geben und sie entfesseln. Führungskräfte in turbulenten Zeiten brauchen jetzt den Mut, mutig zu führen und nicht mehr demütig. Und sie brauchen die drei »C«: Charisma, Charme und Charakter. Persönlichkeit ist gefragt! Hier, jetzt, an jedem Platz.

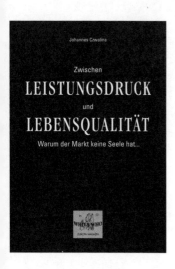

Johannes Czwalina

Zwischen Leistungsdruck und Lebensqualität
Warum der Markt keine Seele hat ...

2003, 296 Seiten, Hardcover
36,00 € / 62,00 CHF
ISBN 3-936963-00-2

Der Autor:
Johannes Czwalina leitet das Beratungsinstitut Czwalina Consulting AG, Riehen bei Basel. Er ist ein gefragter Coach für das Top-Management, erfolgreicher Referent und Autor zu Führungsthemen, die in eine verantwortungsbewusste Unternehmenskultur führen.

In Zeiten eines sich ständig wandelnden Marktgeschehens ist es für Führungskräfte unabdingbar Strategien zu entwickeln, um die Balance zwischen beruflichen Anforderungen und privaten Ansprüchen zu halten. Das Wohlbefinden lassen sich heute viele vom Markt aufzwingen. Warum hat der Markt diese dominante Stellung? Welche Folgen hat das für die Psyche des Menschen? Wie kann das Spannungsverhältnis zwischen Leistungsdruck und Lebensqualität produktiv genutzt werden?

Der Autor, Johannes Czwalina, nimmt eine kritisch-konstruktive Diagnose der gegenwärtigen Tendenzen vor. Er entwickelt persönlichkeitsbildende Perspektiven für den Umgang mit der wissensbasierten Arbeitswelt. Er beleuchtet Freiräume, deckt Tabus auf, fordert eine Rückbesinnung auf ethische Grundwerte und regt zum eigenen Nachdenken an. Aufgrund seiner langjährigen Erfahrung aus der Beratungspraxis für Führungskräfte haben Czwalinas Ausführungen eine besondere Authentizität und Glaubwürdigkeit.

»Das Buch füllt ganz klar eine Lücke in der Management-Literatur, macht auf die wesentlichen Fragen im Leben aufmerksam und hat so das Potential, ein Bestseller zu werden.«
(Manfred Drozd, Technical Director bei Oracle)

»Dies ist ein in jedem Sinne lebensnahes, eindrückliches Buch, das Führungskräften und solchen, die es werden möchten, wärmstens als Gegengift gegen die lauernden Gefahren des totalen Leistungs- und Karrieredenkens empfohlen werden kann.«
(Prof. Dr. Peter Ulrich, Uni St. Gallen, Schweiz)

»Marktwirtschaft ist eine Organisationsform, die wir wegen ihrer Effizienz gewählt haben und die bewusst den Eigennutz als Triebfeder einsetzt. Aber Markt und Marktwirtschaft sind nicht Ziele in sich selbst, wie Johannes Czwalina in seinem Buch überzeugend zeigt, sondern sie haben letztlich den Menschen und ihrem Zusammenleben in einer Gesellschaft zu dienen.«
(Dr. jur. Dr. rer. oec. h.c. Manfred Gentz, Mitglied des Vorstands der DaimlerChrysler AG)

Fax-Bestellung: 06171-53542 oder
WHO'S WHO EUROPA MAGAZIN, Adenauerallee 18, D-61440 Oberursel

Jürgen Fuchs

Lust auf Deutschland
Ein märchenhafter Roman für Menschen mit Mut

2003, 208 Seiten, Hardcover
26,00 € / 45,00 CHF
ISBN 3-936963-01-0

Der Autor: Jürgen Fuchs ist Mitglied der Geschäftsleitung der CSC Ploenzke AG. In den letzten 20 Jahren hat er das Unternehmen in mehreren leitenden Funktionen mit gestaltet. Nach seinem Studium der Mathematik, Physik und Philosophie war er 10 Jahre lang bei der IBM tätig, zuletzt als Manager im Vertrieb. Er beschäftigt sich mit der Re-Vitalisierung von Unternehmen und der Einführung lernender Organisationen. Seine Gedanken hat er in mehreren Büchern veröffentlicht, darunter der Bestseller „Märchenbuch für Manager"

Mit Humor, Tiefgang und vielen Denk-Anstößen lädt Jürgen Fuchs zum Querdenken ein. Er schafft neue attraktive Bilder von Staat und Unternehmen. Er macht Mut zum Turn-Around Deutschland: Die Entfesselung der Menschen und die Befreiung von Bevormundung durch Bürokratie und Staat.

Dieses Buch, ein spannender und wahrhaft märchenhafter Roman, zeigt eine Querstraße: Den *„Zehn-Prozent-Staat"*, der sich **auf** 10% reduziert, und nicht **um** 10%. So wird der Bürger von Bevormundung befreit, und sein Netto-Einkommen kann sich verdoppeln.
Wir müssen Undenkbares denken, um Unmögliches zu ermöglichen. Lenken wir jetzt in die Querstraße „Zur Selbstverantwortung" und geben Vollgas. Dann erreichen wir eine attraktive Zukunft, in der jeder genügend Geld hat, für sich und seine Familie selbst zu sorgen.

Visionen und Wege aus unserer Krise. Wer wünscht sich das nicht! Hören wir auf, über die Dunkelheit zu jammern. Zünden wir eine Kerze an, die auch andere entzünden kann. Schließlich leben wir im Land der Dichter und Denker, der Erfinder und der Unternehmer. Unternehmen wir jetzt etwas! Dieses Buch schafft tolle Perspektiven. Es macht Mut und gute Laune. Schließlich ist das Leben zu kurz für ein langes Gesicht!

Fax-Bestellung: 0 61 71–5 35 42 oder
WHO'S WHO EUROPA MAGAZIN, Adenauerallee 18, D–61440 Oberursel

Stimmen zum Buch:

*Dieses Buch macht Lust auf Deutschland
und Lust aufs Lesen. Es macht sogar Lust
aufs Handeln.*
**Dr. Wendelin Wiedeking,
Vorstandsvorsitzender PORSCHE AG**

*Allein der Titel ist eine Wohltat.
Endlich einmal jemand, der nicht in
den Jammerton verfällt, wenn von
Deutschland die Rede ist.*
Wolf Jobst Siedler, Verleger

*Dieses Buch hat mich mitgerissen in
der Vorstellung »Es könnte doch gelingen!«*
**Lisa Schmitt, Geschäftsführerin der
»Initiative Selbst-GmbH« und Personalleiterin
bei einem führenden Automobil-Konzern**

*Augenzwinkernd macht uns Jürgen Fuchs wieder
aufmerksam auf unsere vergessenen Tugenden:
Unternehmergeist, Freude am Helfen,
Verantwortungsbewusstsein und auf
die Familie als Keimzelle all unserer Werte.*
**Erwin Staudt, Aufsichtsratsvorsitzender IBM
Deutschland und Präsident des VfB Stuttgart**

Jürgen Fuchs zeigt wirklich neue Wege,
die nur auf den ersten Blick märchenhaft sind.
Auf den zweiten Blick sind es attraktive,
zukunftsweisende Alternativen.
Prof. Dr. Jutta Rump, Vizepräsidentin
der Hochschule für Wirtschaft in Ludwigshafen

Jürgen Fuchs macht Mut und Lust,
Neues zu denken und Neues zu machen -
um Besseres zu bekommen.
Ist alles nur ein Märchen? Ist seine Sicht
ver-rückt? Ich denke nein.
Sie ist eigentlich sehr natürlich, wie die
vielen inspirierenden Beispiele zeigen.
Susanne Dietrich, Unternehmensberaterin
und Mutter von drei Kindern

Spannend wie ein Krimi.
Der »Zehn-Prozent-Staat« und die
»Belastungs-Brillen« sind wirklich tolle Ideen!
Heike Vollmer, Studentin

Die Flagge »Schwarz, Rot, Gold« wurde um 1820 zum ersten Mal von den Freiheitskämpfern in Landau (Pfalz) benutzt. Die Farben symbolisierten: Die Dunkelheit, aus der wir kommen, das Herzblut, das wir bereit sind zu vergießen, und die goldene Zukunft der Freiheit. Deshalb war damals »Schwarz« unten und »Gold« oben.

Heute sind die Farben aber vertauscht: Wir kommen aus dem goldenen Zeitalter des Überflusses, hängen mit Herzblut an unseren Pfründen und sehen schwarz für unsere Zukunft.

Dieses Buch dreht nicht nur die Flagge, sondern auch Deutschland wieder um:

Schwarz steht für die dunkle Zeit der Bevormundung durch die Bürokraten, Rot für den Mut unserer Herzen und Gold für die attraktive Zukunft in Freiheit und Selbst-Bestimmung.